「——其實，
我有一場命運的邂逅。」
姬川沙羅
希望達到父母期待的完美主義者，絕不展現出弱點，班上同學對她敬而遠之。最近在父母的安排下接受了幾次相親，但遇到赤崎晴也後有了不同的想法。

「……小哥，
你有沒有什麼戀愛八卦？」
小日向凜
平常舉止爽朗的她其實是個膽小的女孩子。
曾經被同班女生霸凌。

「我提醒一下。
這不是約會，是網聚喔。」
高森結奈
標準較高，不愛依靠他人，習慣獨力解決每一件事。由於做什麼都全力以赴，曾與周遭產生嚴重摩擦。

「赤崎同學，你也過來嘛！
非常舒服喔！」
沙羅不知何時已脫下鞋襪……
將腳尖埋在濕沙裡。

為何我總是成為S級美女們的話題

1

脇岡こなつ
插畫 magako

Kadokawa Fantastic Novels

CONTENTS

story by wakioka konatsu

illustration by magako

nazeka
S-class bizyotachi
no wadai ni
ore ga agaru ken

第一章 S級美女們與赤崎晴也

nazeka
S-class bizyotachi
no wadai ni
ore ga agaru ken

「好，這樣就行了吧。」

五月上旬。

這天是黃金週的最後一天。

赤崎晴也出門前照照鏡子，檢查服裝儀容。

頭髮用髮蠟簡單抓過，加上小眾人氣品牌的裝飾。服裝以黑白為主，不會太花俏也不會太俗氣，乾淨整齊。

活動一下四肢，伸展一下臉部肌肉，確定沒有任何問題。

（姿勢ＯＫ，表情ＯＫ，服裝ＯＫ……）

神清氣爽地檢查完畢後，晴也獨自離開家門。

從獨居的家裡步行約十分鐘後。

一座大型商場出現在晴也的視線裡。

今天出這趟門，是因為那裡有他要買的東西。

隨著高聳的建築愈來愈近，晴也發現自己走得愈來愈慢。

（……今天人真多。）

適逢假日，又是黃金週最後一天，大型商場自然會湧入大批顧客上門。

因此，這群人十之八九要和他去同一個地方。

晴也如此推測。

面對這樣的人山人海，晴也不禁苦笑。

遠眺前方長龍之後，晴也改變方向。

（看樣子……走密道比較好吧。）

他就此離開人行道，往人少的小路走。

前不久他也來過一次，這條人少的小路就是當時找到的。

他將其取名為密道。

由於密道狹窄陰暗，必須小心點走。

此外，或許是還不適應這條密道，身體不太習慣這裡特有的靜謐。

晴也知道自己惶惶不安，表情也不自覺地繃緊。

踏著沉重的腳步穿過小路，來到出口附近時，晴也感覺到氣氛不太對勁。

「……小姐，妳絕對很適合當模特兒，真的啦，真的。」

「……不、不用了。不好意思……我、我不需要。」

晴也注意到，前方有個年紀與他相近的女孩受到一名男子的糾纏。

這讓他好奇地遠遠觀察兩人的對話。

（是星探嗎？不是吧，感覺太纏人，把妹新招嗎？）

意外撞見只在漫畫中見過的情境，使晴也心跳加速。

在他十六年的人生裡，這是他第一次見到女性被搭訕。

「不要這麼說嘛……來，多聽我介紹一下妳就會懂了啦！我們到附近的咖啡廳坐一下——」

「……我、我真的沒興趣。」

「先聽我說嘛～」

即使並非當事人，也能看出男子的死纏爛打。

看樣子，男子完全是不可能主動放棄了。

先不論男子是星探還是搭訕，晴也其實也能體會男子的感受。

（……那個女生等級超高的。）

映入晴也眼中的女孩無疑是個美少女。

年方十六、七歲，與晴也相近。

富有光澤的秀髮，甚至讓這陰暗的小巷熠熠生輝。

五官仍隱約有些稚氣，但確實散發出嫵媚的氣息，從她隔著衣服也明顯可見的豐滿上圍即可證明。

然而，晴也覺得有點奇怪。

（……好像有點眼熟耶。）

看得愈是入迷，晴也愈是覺得在哪兒見過她。

他也想弄清楚為何會有似曾相識的感覺，可惜現在時機不對。

晴也搖搖頭，往他們走去。

看來他決定伸出援手。

（因為……我的內心沒辦法讓我就這樣走過去啊。）

況且見到美少女遇上麻煩卻視若無睹，他會良心不安。

「……那、那個。」

「嗯？你什麼東西？」

晴也偷偷接近再出聲打岔，男子立刻擺出一臉凶樣。

對方梳著金髮油頭，有雙細長銳利的眼睛。

雖然這樣不好，但晴也心裡完全把對方當小混混看了。

（……呃啊，這真的滿可怕的。）

當男子的注意力轉移過來，晴也便徹底明白了那女孩為何發抖。

實際站在他面前，才知道他會用凌厲眼神想逼人就範。

晴也強忍住開溜的衝動，直盯男子的眼睛。

很遺憾，恐懼讓晴也只能這麼做。

——如果是白馬王子。

——如果是正義的超級英雄。

想必會果敢正面擊退對手，但晴也只是個平凡高中生。

能這樣盯著對方眼睛就很了不起了。

晴也如此痛思自己的窩囊，也在心中咒罵自己的無力。

「…………」

「…………」

雙方對看了數秒。

即使美少女的視線開始不自覺地投注在晴也身上，他也目不轉睛地盯著男子。

（啊啊……慘了。傻傻跳出來以後，腦袋就一片空白了。這種時候到底該說什麼才好啊……）

雖然沒有表現出來，但晴也在心裡抱頭慘叫，差點尿失禁。

焦慮使得身體也自然而然抖了起來，但沒想到，先開口的卻是男子。

且變得畏畏縮縮的樣子。

「……咿！」

還突然叫得很難聽。

「咦……？」

晴也搞不懂男子是怎麼了，也恍然發出問聲。

「嘖，有、有男朋友了喔……」

男子不知在怕些什麼，夾著尾巴逃之夭夭。

另一方面，怕得沒能採取任何行動的晴也還是不曉得發生了什麼事。

（……什麼狀況？咦，是怎樣？該不會是整人節目吧？）

若有人告訴他這是在錄電視節目，他真的會信，不過那女孩替他否定了這一點。

「那、那個……真的很謝謝你！」

「……咦？喔，哈哈。沒有啦，我什麼也不敢做。」

晴也是很想要個帥，只可惜光看著對方就快不行了。

但即使晴也這麼沒出息，女孩並不以為意。

恭恭敬敬地否定了晴也的自貶。

「別那麼說！那個……你不怕危險，為我趕走可怕的人……是很英勇的行為。」

「呃……哈哈，不客氣。」

晴也乾笑幾聲，從她身上移開視線。

其實晴也很怕對方，還抖得不得了，可是女孩這麼感動地向他道謝，他也不好意思說出來，只能尷尬陪笑……

眼前的這位美少女雙眼直盯著晴也看，讓他莫名感到不自在。

於是晴也決定多嘴提醒她一句。只是沒耍到帥，說這種話或許很多餘就是了。

「女孩子一個人走這種小路很危險……小心一點喔。」

「……好、好的！」

美少女對晴也的忠告用力點個頭，鞠躬道謝。

晴也也苦笑著離開現場。

即使以後不太可能會再遇到她，心裡還是頗為害羞。

（……可是，我真的覺得這個女生很眼熟耶。）

抱著再度襲來的似曾相識的感覺，晴也走向大型商場。

而日後，他會漸漸發現——
這個他碰巧幫助的女生，是有S級美女之稱的同班同學……

＊＊＊

隔天早晨。
是個溫暖陽光與鳥兒和鳴，風和日麗的早晨。
晴也一抵達自己就讀的榮華高中的教室，馬上走到自己的位置坐下。
——現在時刻是八點十五分。
晴也班上正準備開朝會，學生們各自有說有笑，教室裡充滿更甚平時的喧噪。
畢竟黃金週長假才剛結束。
同學們都是在聊假期怎麼過之類的吧。
剛開學時充斥教室的不安與緊張，已經是令人懷念的事了。
當時每個人感覺都在觀察周遭，還沒有形成任何朋友圈，現在大家已經打成一片，聊得興高采烈了。
而這也表示，同學們在開學後的這一個月裡已經組成固定的小團體，幾乎找不到落

單的人。

那麼，在這片喧噪之中，晴也是怎麼過的呢。

「…………」

他沒跟任何人說話，就只是一個人趴在桌上裝睡到底。

不得不說，那實在很邋遢，且可說是受到他現在外表的影響。

亂糟糟的瀏海蓋著眼睛，加上黑框眼鏡。

領帶和制服全都鬆鬆垮垮。

姿勢還有點駝背，每一項都狠狠地削減著他的存在感。

昨天出門的晴也和現在的晴也外觀差別之大，簡直判若兩人。

要是他以昨天那副模樣坐到座位上，肯定會有很多同學嚇得瞪大眼。

現在晴也這德性，說好聽點也是個陰沉怪咖。

不過這是因為他認為在學校引人注意準沒好事，才盡可能保持低調。

（……話說，昨天買的漫畫好好看喔。）

晴也趴在靠窗的後側座位上。

完全不在乎自己在班上的風評，心裡想著這種事。

他有個沒對任何人說過的小祕密。

那就是他喜歡蒐集少女漫畫。

一有新作就會偷偷出門買，在家裡看得不亦樂乎。

昨天去大型商場的原因無他，就是為了買新上市的少女漫畫。

（……王道劇情就是讚啦，救女主角擺脫痞子糾纏這種的最萌了。）

那本漫畫就是這麼好看吧，晴也死命憋住湧上的笑意。

在他演起自己的內心小劇場時，一道格外開朗的聲音傳來。

「沙羅羅、結奈奈，早安呀～」

明亮可愛的聲音響徹教室。

聲音的主人小日向凜十分可愛，是班上帥哥美女團體的中心人物。

與趴在桌上的晴也在班上的地位可說是正好相反。

——空氣，人畜無害的路人。

入學榮華高中已經一個月了，有沒有人記得他名字卻還是很難說。這樣的晴也，和她那種人完全相反。

凜的裙子很短，領口大開，一身所謂的辣妹氣質。但或許是因為個子嬌小，又有點娃娃臉，一點壓迫感都沒有，非常可愛。她就是這樣的女生。

言歸正傳。小日向凜一進教室——應該說，當她來到聚在晴也座位附近的一軍團體

旁時，教室嘈雜了起來。

「S級美女聚在一起真是美耶～」

「就是說啊。還以為已經習慣了，可是那三個真的跟偶像沒兩樣，還是會令人看呆耶……」

「可愛成那樣，都嫉妒不起來了。」

原本聊得百花齊放的同學們，在三姝聚首的那一刻頓時只剩下一個話題，紛紛讚嘆起來。

每當她們聚在一起，就會吸引不分男女的欣羨眼光。

「……啊。凜，早安。」

覺得凜開朗得太誇張之餘，高森結奈仍以咬字清楚的清澈聲音回答。

她是個長髮烏黑亮澤，一身清純氣息的女孩子。耳朵穿了環，制服穿得隨興。端正的長相帶了點慵懶的性感，是個不需多言的出眾美女。

「……早安，凜同學。」

接在結奈之後，姬川沙羅慢一拍才拘謹地轉過去。

從她柔亮的頭髮和高雅的長相，能看出她很有教養。對同學也使用敬稱等高貴舉止，想必奪走了不少男生的心。

只要如此華麗絢爛的凜、結奈、沙羅三人聚在一起，男生無不讚嘆連連，女生則抱著敬意議論紛紛。

而事實上，她們也因為如此的稀世美貌而被部分學生稱作S級美女。

「沙羅羅結奈奈～黃金週這段時間裡，妳們有沒有遇到什麼好事呀？」

「我是沒什麼……那凜妳呢？」

「我都在打工啦～好想聽人家的愛情八卦喔，沒有嗎～」

凜頗為遺憾地聳聳肩。她最愛打聽別人的八卦韻事了。

看凜這樣子，結奈用手指繞著頭髮無奈地說：

「這表示這種好桃花不是那麼容易遇到的啦，對吧，沙羅？」

結奈向靜觀至此的沙羅徵求同意，嚇得她的肩跳了一下。

出乎預料的反應，使結奈和凜瞪大了眼。

仔細一看，沙羅的臉頰還些微發紅，人也變得坐立不安起來。

最後沙羅整張臉都紅了，還低下頭。

「咦，不會吧？沙羅羅……」

凜興致都來了，最先開口。

雙眼發亮的她對沙羅投出充滿期待的眼光。

「該不會妳在黃金週裡有豔遇吧！」

「咦，真的假的……」

話少的結奈也接在凜之後發出驚嘆。

「這、這個嘛……」

沙羅臉頰染成玫瑰紅，不敢看她們。

想躲卻自知躲不了的她，終究是支支吾吾地開了口。

「——其實，我有一場命運的邂逅。」

沙羅就這麼羞答答地開始自白了。

——那是昨天的事。

我出門買衣服時，被一個像是模特兒星探的人纏上。

一開始是很像在找模特兒，但他一直纏著我不放，所以我覺得那應該是騙人的。

我本來想趕快逃跑，可是對方長得很可怕，我非常害怕……怕得腳都在發抖，所以沒辦法逃跑。

那裡沒什麼人會經過，不管我怎麼看都找不到人來救我。

中間有跟幾個路人對上眼，可是每個都裝作沒看見。

我都開始替期待別人救我的自己丟臉了。可是我當時就是怕到什麼都做不了，只能盲目求救。

從旁人的反應來看，我還一度覺得自己沒救了。

可是就在這個時候。

我的救星瀟灑現身了。

在陰暗的小巷裡，他顯得特別耀眼。

那明明不關他的事，卻為了我槓上小混混。

他其實也很怕吧，但還是聽見了我心中的求救似的挺身而出。如果打起來，事情一定會變得很糟很麻煩，可是他用瞪的就把對方趕跑了。

後來還很溫柔地安慰我，可是我卻沒能向他鄭重道謝。

所以這讓我非常懊悔……

「——這就是我命運的邂逅。如果能再遇見他，我一定要好好感謝他。」

沙羅以此作結，彷彿那是她唯一的遺憾。

這時，凜按捺不住似的緊抱住沙羅。

仔細一看，她的眼裡正泛著淚光。

「……凜同學，妳是怎麼了？」

「沙羅羅，妳很害怕吧？如果我在場，就幫妳趕跑他了。那個人竟然這樣嚇沙羅羅，不可原諒！」

「是啦，凜的意思……我也懂。」

即使不敢領教地看著凜緊抱沙羅，結奈仍表示贊同。

凜就這麼抱著沙羅好一陣子才放開，目光如炬地說：

「話說回來，那個救命恩人……真的太帥了。簡直像少女漫畫一樣嘛……！」

受到輕薄男子糾纏時，有個英雄瀟灑現身拔刀相助。

只要是女孩子，都曾經有過這種幻想吧。

凜頗為羨慕地噘起了嘴，不過表情還是很開心。

「妳沒有跟他要聯絡方式嗎？那種情境很難得耶……根本是真命天子！」

「……！凜同學，沒有那種事啦。」

沙羅露出死了心的表情。

然後語帶抗拒地斷言：

「……我因為家裡的關係，將來只能相親結婚。」

聽沙羅柔柔微笑著這麼說，凜注意到自己失言而低下了頭。

其實，沙羅的家族——姬川家歷史悠久，家風嚴格守舊。
與時代早已脫節的相親結婚，對姬川家的女兒來說卻是理所當然。
因此，姬川家兒女的人生道路是出生就被安排好了，還被教育要以此為傲。
有許多同學都覺得沙羅的際遇很可憐，沙羅卻認為那是值得驕傲的事。
只是凜和結奈聊起感情話題時，只有她一個跟不上，總會讓她覺得有點孤單。
「……這樣啊，沙羅羅好懂事喔。」
「就是啊。」
結奈也隨凜點點頭。
兩人都很識時務地打住了戀愛話題。
「欸欸，我最近有個很推的化妝品喔～」
——隨後，凜為了和緩略顯緊繃的氣氛，搬出其他話題。
但即使凜體貼沙羅而丟出戀愛之外的話題，周圍的同學們也沒那麼識相。
因為沙羅說的話就是如此令人震撼。
（……妳聽到姬川同學說的嗎……真的是真命天子耶。）
（那個男人好帥喔……像少女漫畫一樣。）
（原來這種情節是真的會發生……）

同學們的竊竊私語填滿了整間教室。

S級美女的感情八卦，使得全班同學都不由得豎起耳朵，而今天，晴也也成了其中一人。

因為沙羅描述的內容太過熟悉。

換作平常，晴也對班上的事一向毫不在乎，S級美女的話題更是左耳進右耳出。可是……

（嗯？等一下。那個話題……怎麼覺得很耳熟。發生在昨天，幫她擺脫搭訕的人嗎？我是做過類似的事，可是表現沒有她說得那麼帥。）

晴也不由得感嘆，自己實在是太遜了。

沙羅口中的俠士舉手投足都像個大英雄，但昨天的晴也只會讓人聯想到在大型猛獸面前瑟瑟發抖的弱小動物。

腳抖得好厲害，表情緊繃，連大氣都不敢吭一聲。

（愈聽愈深切地感受到自己與對方的差距，我不要再聽了……）

晴也為自己窩囊的一面深痛懊惱，繼續回頭想少女漫畫的事。

在那之後，他沉浸於少女漫畫的妄想中好一陣子。

在朝會開始前十分鐘，許多同學紛紛回到自己的座位。

這時，坐在後面的男同學不知道是沒聊夠還是想找人說話，突然拍了拍晴也的肩膀。

「欸欸，赤崎，你有聽到嗎？」

「……嗯？」

晴也抬起沉重的身體回過頭，見到的是興奮得露出虎牙的男同學。

在班上毫無存在感的晴也很驚訝竟然有人記住了他的名字，於此同時有股歉意湧上心頭。

（……是很謝謝他記得我的名字啦，可是，他是誰啊？）

晴也露出疑惑表情，對方也許看出了他的心思，先開口：

「……喔，我叫風宮佑樹。不好意思，突然跟你說話，因為我現在有點興奮到壓抑不住。」

就算不看表情，從聲音也聽得出來。

這位名叫風宮佑樹的男同學一副忍不住想找人抒發情緒的樣子。

肯定是晴也正好坐他前面，所以才被找上吧。

說不定是晴也嫌麻煩的心思都寫在臉上了。

兩人之間瞬間流過一股尷尬的氣氛，但不喜歡沉默的風宮很快就繼續話題。

「赤崎，你有聽見她們剛說的嗎？」

「……她們是指誰？」

「就是S級美女們啊。」

「喔～就是班上現在的熱門話題啊……」

「你怎麼說得不關你的事一樣？」

「本來就不關我的事啊，我也沒興趣。」

「咦咦，不會吧……」

風宮不只是傻眼，懷疑到眉頭都皺了。

只要是男人，哪個不想親近美少女啊。

嘴上說「沒興趣」的人，通常就是最感興趣的那一個。

不過從晴也的口吻，以及他死氣沉沉的語調，風宮相信他說的是真心話。

聽得他目瞪口呆，久久無法反應。

「……我現在知道你為什麼是沒存在感的邊緣人了。」

風宮無奈地搔起腦袋。

晴也是故意要孤僻，這是必然的結果，事實也是如此。

為了不讓風宮發現，晴也趕緊改變話題。

「不過我還是有聽到啦？在說什麼命運的邂逅嘛。」

「對對對，那個姬川同學遇到了很浪漫的邂逅。哎呀～真是羨慕死那個人了。」

感慨地笑呵呵這麼說之後，風宮清咳一聲說：

「可是，姬川同學家裡管得很嚴的樣子，好期待以後會有什麼變化喔。」

「是喔？」

晴也是有聽到相親結婚之類的，不過那與他扯不上關係，所以他沒有特別在意，隨便敷衍回應。

然而……

「哈哈，這個大新聞把我跟一堆男生都嚇到腿軟了耶，真虧你還能裝作一副沒興趣的樣子。」

晴也已經很努力不表現在臉上了，結果還是被風宮看穿。

晴也會聽S級美女們聊天，也是因為她們聊的內容酷似他經歷過的事，並不是對她們有興趣。

「……不過啊，我覺得你還是要有一點S級美女們的基本常識才行喔。」

「有這種需要嗎？」

晴也一臉狐疑，風宮就雙臂環胸，頻頻對他點頭。

「就是有需要，不然你會交不到朋友。就算你是個無趣到不行的大木頭，也是保持一點點興趣會比較好。」

「……說成這樣，你怎麼不積極去追人家啊？」

聽了晴也如此中肯的建議，風宮苦笑著搖搖手說：

「怎麼追得到啊……連靠近都恐怕很難喔。」

再說——

「不只是姬川同學，高森同學和小日向同學好像都心有所屬了喔。不過只是傳聞啦，實際上怎樣不知道……」

目在S級美女們的八卦中，的確有結奈和凜有「心上人」的流言在班上流傳開來，不過班上的人說她們應該會收到源源不斷的告白，所以大概是為了躲掉爛桃花才隨便說說的，各種臆測滿天飛，沒人知道真相。

「事情就是這樣，總之我想說的是你最好多關心一下班上的事啦。」

「我會銘記在心。」

「喔，要記得喔。」

晴也順著有點多管閒事的風宮回應後，又趴回桌上。

（……說到底，我才不會和被稱為S級美女的人有所交集呢。）

晴也如此暗自咕噥，馬上放棄了思考。

＊＊＊

當天放學後。

晴也順利上完課，獨自踏上返家之路。

「我回來了……」

開門進屋，對沒有別人在的住處低語。

晴也從今年升高一後開始離家生活，住處沒有其他人，但他還是習慣性地打招呼。

少了老家妹妹敷衍回應的「回來啦～」，感覺有點寂寞。

雖然這個小晴也一歲的妹妹是個頑皮的麻煩精，少了她還是會惹人感傷。

言歸正傳。

晴也換下制服，放鬆地查看自己的社群帳號。

發現收到一通訊息，晴也立刻動手回覆。

Nayu：Haru，你看了我推薦的少女漫畫嗎？

Haru：看了，非常有趣。

回覆之後，晴也臉上綻開淺淺笑顏。

在學校總是邊緣人的他，在社群網站倒是有個志同道合，經常聊天的朋友。

不自覺地，他開始回想自己認識少女漫畫同好「Nayu」的經過。

＊＊＊

晴也與Nayu是大約在兩個月前認識的。

當時高中入學考剛結束，晴也用他少數的興趣——看少女漫畫來獎勵自己念了那麼久的書。

長時間準備大考後的漫畫最好看，也最療癒。

對大多數人來說，不斷累積的欲望會在得到解脫的瞬間爆發，晴也也不例外。

他忍著不看漫畫到入學考結束，然後將累積起來的少女漫畫消化完後，在社群網站上發表感想。

且漸漸變成一種生活習慣。

他會用社群帳號發表感想，無非就是想和同好分享心得。

從這時就鮮少與人來往的晴也，就算看到喜歡的少女漫畫也沒有人可以分享，沒辦法和別人聊故事內容。

為此，無處抒發的鬱悶，使他辦了一個專門用來發表感想的社群帳號。

使用者名稱擷取本名「晴也」的一部分，叫做「Haru」。

基本上，他並不期待別人回覆他的感想，就只是因為在心裡憋得快爆炸了，才上網發文……

可是轉變總是來得那麼突然。

看到有趣的少女漫畫就上網發感想。

晴也的感想欄在照慣例發文的某一天，染上了色彩。

『不好意思，第一次回覆。那本漫畫真的很好看呢，你說的我都懂。雖然題材小眾，但這也是它的優點，Haru……你很有眼光喔。』

出現了一個認同他的感想的同好。

使用者名稱叫「Nayu」。

同好的出現讓晴也高興得不得了，立刻就回文了。從此以後，Nayu也開始會對他的其他篇貼文表示共鳴。

如此一來一往之中，他們發現彼此都喜歡同樣的少女漫畫類型，Haru和Nayu的距離透過社群網站逐漸縮短。

與漫畫無關的對話逐漸增多，還發現彼此住得很近。

因此，他們現在會聊一些私事，互相推薦少女漫畫。

甚至建立起了會偶爾約出來分享感想的關係。

＊＊＊

Nayu：欸，Haru，你有在聽嗎？

Nayu：有人在嗎～我看到已讀了喔。

Haru：…………抱歉，我剛才在想事情。

發現Nayu傳訊息來催促答覆後，晴也連忙回覆。

他實在不敢說他剛才在回想兩人認識的經過，只能含糊地應付過去。

即使隔著螢幕，也能感覺到她應該鼓起了雙頰。

晴也不禁當場苦笑，說一句「對了」轉移話題。

Haru：話說，今天我遇到了一件很不得了的事，妳願意聽我說嗎？

Nayu：什麼不得了的事……

Haru：是發生在我們班上同學身上的事。

Nayu：是喔，什麼事？

確定Nayu有興趣後，晴也開始說明事情經過。

講說班上有個女同學被搭訕的人纏上，有人出手相救。

而昨天，他也碰巧救了一個被搭訕的美少女，經歷過類似的事情，所以晴也對女同學說的事情印象很深。

再說晴也一直認為搭訕只存在於虛構的情節，更加深了他對這件事的記憶。

晴也說完以後，對方很快就回覆了。

Nayu：搭訕這種事其實很常有啦，不過我還是很驚訝。

Haru：嗯？驚訝什麼？

Nayu：我朋友今天也說過類似的事。

Haru：是喔，好巧。

Nayu：嗯，真的非常巧。

Haru：該不會搭訕真的比想像中常見很多吧。

Nayu：可能真的是這樣。

——到此，對話告一段落，晴也給了她最後一句話一個讚的貼圖。

想收起手機時，手機又發出收訊聲。

當然是Nayu傳的。

Nayu：喂，不要突然結束話題啦。

Haru：抱歉，還有什麼事？

Nayu：……你不知道我今天找你是做什麼嗎？

晴也的問題被她反問了回來。

眼前自然而然浮現她傻眼的樣子。

晴也戰戰兢兢，滿懷歉意地回答Nayu。

Haru：問我漫畫的感想嗎？

Nayu：對。所以啊，就是那個，那個。

Haru：哪個？

Nayu：就是那個嘛。

一直那個那個，晴也也想不通究竟是哪個。

而Nayu大概是等不及晴也想這麼久，很快就回覆了。

Nayu：……網聚啦。網聚。

Haru：喔，網聚啊。

Nayu：對，不要讓我說那麼清楚啦，很害羞耶。

看樣子，Nayu似乎覺得見面很難為情才沒直說。

晴也說聲抱歉，開始討論網聚的具體時程。

Nayu：下星期六日有空嗎？

Haru：有空，沒問題。

Nayu：這樣啊，那就下星期喔。Haru，在那之前要多找點好看的少女漫畫給我喔？

Haru：收到。

晴也吁一口氣，靠上沙發。

然後回想先前的對話。

（……Nayu原來是害羞才戴墨鏡啊。）

晴也與Nayu至今曾網聚過幾次，但她每次都會戴墨鏡現身。

從這次對話得知她害羞的一面後，晴也不禁傻笑。

（Nayu還滿可愛的嘛，說出來一定會被她罵就是了。）

＊＊＊

當天晚上。

月亮在夜空中彰顯存在感地綻放月光，晴也來到常去的餐廳吃晚餐。

那是一間舒適的小咖啡廳。

餐點種類多樣，分量也不少，價格合理，是青春期男生的大好去處。

晴也來這的頻率相當高，每週能高達三次。

也就是說，他是這裡的常客。

或許也是受到地處鬧區外圍的影響，平日和假日都沒有其他店家那麼忙碌。

而且內外裝潢不是走都會風，而是復古路線，散發著老店的氣息，或許也篩掉了一些客人。

晴也非常喜歡這間店的咖啡。

據說是用特殊的咖啡豆萃取而成的，香味濃郁，味道十分香醇。

晴也踏進店門後，第一個感受是客人好少。

或許是尖峰時刻已過，整間店充滿清閒靜謐的氛圍。

晴也挑了靠窗位置坐下，沒看菜單就招來服務生。

「不好意思～」

年齡相近的熟識女店員立刻就踏著輕快腳步走來。

「好的，請稍候。」

銀鈴般的嗓音傳進晴也耳裡。

——喀、喀、喀、喀。

腳步聲愈來愈近，晴也不禁往聲音望去。

明明已經見了很多次，心裡還是不由得亢奮起來，想必是受到她裝扮的影響。

帶有輕飄飄的荷葉邊，乍看之下會誤認為女僕裝的黑白色服裝，加上散發出成熟氣息的眼鏡。

紮得整整齊齊的頭髮若放下來，應該有過肩膀。

或許是體型瘦小，五官又帶點稚氣，並不讓人覺得嫵媚。

乍看之下並不起眼，卻有著無疑是美少女的容貌。

只見女店員的嘴角勾起半弧型，露出的柔和微笑說：

「小哥……您好。」

「……妳好啊，小日向小姐。」

兩人簡單打個招呼。

然後女店員輕咳一聲，刻意又不失禮貌地問：「請問要點什麼？」

就如剛才的對話所示，他們彼此是認識的。

「老樣子嗎？」

「對，培根蛋義大利麵套餐，飲料要熱咖啡。」

「好的，稍後為您送上。」

經過一段制式問答，女店員輕一鞠躬並即將轉身離去時——

她忽然在晴也耳邊小聲說：「休息時間快到了，等我一下喔。」

晴也的身體不禁顫了一下，最後輕點點頭，店員就一臉滿意地離去。

過了大約十分鐘，餐點送上桌來，晴也說一聲「我開動了」後開始享用晚餐，而女店員坐上他對面的位置，大概是休息時間已經到了。

「重來一次，你好啊。」

「小日向小姐妳好。」

「你一直在東張西望，是怎麼了？」

看到露出尷尬表情的晴也，女店員——小日向睜大雙眼。

「我在想就算是休息時間，妳這麼理所當然地坐在這邊沒問題嗎？」

「今天店裡沒人，我也詢問過店長了，所以沒問題。平常不是都這樣嗎？」

小日向不悅地瞇起眼，語調冷靜地說。

更微微歪頭，像在問「你到現在還問這做什麼」。

小日向說得沒錯，兩人在休息時間聊天是常有的事，但晴也並沒有因此習慣。

晴也只能嚼著麵條苦笑，而小日向又找了個話題過來。

「……小哥，你有沒有什麼戀愛八卦？」

「……唔！怎麼突然問這個？」

她突如其來的發言讓晴也不禁差點嗆到。

「因為你還滿……不太喜歡說自己的事嘛。我看你在學校應該很受歡迎才對，所以想問一下你的近況。」

晴也會將私底下和其他場合的自己明確地區分開來。

像這樣為了外出用心打扮的自己，與平常在學校不想引人注意的自己，他會分得很清楚。

而且——

（因為學校裡有很多麻煩的事，我不想引人注意，所以扮演著一個毫無存在感的人——這種話要我怎麼說出口……）

對方逕自以為晴也很受歡迎，又讓他更難說出口了。

因此，晴也對小日向……從沒提過自己在學校發生的事，就像他對透過社群網站認識的Nayu也不提起這些事一樣。

「近況也沒什麼好說的……啊！」

說到戀愛八卦，晴也忽然想起一件事。

對了，班上的女同學說了自己被搭訕時，有人出手相助的事。

「看來你有東西能說喔？可以的話跟我說說看吧。」

「是有那麼一個啦……」

晴也將班上的女同學被人搭訕時，似乎有人挺身而出的事說給小日向聽。

聽完，小日向深感興趣地點點頭。

「——原來是有可愛的女生被搭訕的人纏上了啊。」

她不知想到了些什麼，表情顯得有些苦澀。

「其實我今天在學校也有聽說朋友被搭訕的事。」

「這、這樣啊……」

晴也睜大眼睛愣了一下。

因為小日向是繼Nayu之後第二個說「朋友被搭訕」的人。

「怎麼啦？有需要這麼驚訝嗎。」

「沒有啦，因為我一直覺得搭訕不是現實中會發生的事。」

雖然在少女漫畫等戀愛題材的創作中，搭訕是常見橋段之一，但晴也到昨天才第一次實際目睹搭訕的情景。

而這些女生的反應卻好像搭訕不過是日常一景，給了他不小的衝擊。

小日向直望著晴也的雙眼，稍微抿起嘴。

「……這麼說很不好意思，但是小哥，我是想聽關於你的戀愛八卦。」

看來晴也分享的這件事無法滿足她。

「咦？」晴也直接對她擺出反感的臉，而她圓滾滾的眼睛仍盯著晴也不放，沒有要退讓的樣子。

那雙桔梗紫的眼睛，彷彿在說不會讓他溜走。

（我是不太想說這件事啦……沒辦法。）

晴也聳聳肩，說出自己救了個被搭訕者纏上的女生。

只不過，要是如實描述就太丟臉了，所以只把救了人的片面事實說出來。

「——小哥，你做得非常棒！」

晴也話一說完，小日向就心滿意足似地向前傾身，勾起笑容。

不知道是不是錯覺，她眼裡似乎還帶著光芒。

「做這種事很需要勇氣，而且會付諸行動的人真的很少喔。但是沒錯！我就是想聽這種故事，希望你能再見到你救的那個人……！」

小日向難掩興奮，卻又一臉鎮定地頻頻點頭。

「還、還好啦。可是……應該不會再見到她了。」

（……而且，就算再見到她，我也只會感到很丟臉，所以並不想見到她啊。）

晴也苦笑著別開了臉。

「不要那麼悲觀嘛！對方應該也很想跟你好好道謝才對。」

晴也覺得這更不可能。但這時，他還不曉得——

他會在這個週末和她重逢，對方還向他道謝。

＊＊＊

夜已深沉，過了晚間十點。

姬川沙羅做好就寢準備卻遲遲無法入眠，在床上翻來覆去，靜不下心。

最後睜開眼睛，盯著小夜燈發呆。

沙羅有個小祕密。

那就是不開小夜燈不敢睡覺。

然而，今晚有開小夜燈還睡不著，自然是有其他原因……

（無法跟他好好道謝，真的讓我很在意……）

沒錯，沙羅的腦袋全被一名男性給占滿了。

沙羅很想向昨天幫助她擺脫小混混糾纏的人鄭重道謝。她躺在床上滿腦子想的都是這件事。

當時沒能那麼做，讓沙羅非常懊惱。

凡事循規蹈矩的沙羅，做出沒有鄭重道謝這種失禮的事，其實也不能怪她。

畢竟她那時剛被可怕的男性死死糾纏，驚魂未定。

（而且那個男生……真的好帥喔。）

不僅是行為舉止……長相其實也是沙羅的菜。

甚至誤以為他是真正的白馬王子——

「啊～我在想什麼啊……」

沙羅感到全身逐漸熱了起來。

她將發燙的臉埋進枕頭裡，雙腳不停在床上亂踢。

（我可沒有那麼隨便，會因為在一次意外中得救就喜歡上對方。）

我可是姬川家的女兒呢。沙羅在心中用力告誡自己。

會這麼在意他，不過是因為沒能好好道謝而已。

沙羅輕吐出一口氣，為平復情緒而啟動手機的通訊ＡＰＰ。

螢幕上顯示著好幾則未讀訊息。
全都是來自同一群組的通知。
那是僅由沙羅、結奈和凜三人組成的群組——也就是所謂S級美女們專用的聊天室。
不看不打緊，一看就讓沙羅瞪大眼睛。
「……咦！」
甚至不禁懷疑自己是不是看錯了。
不太聊自己感情的凜和結奈，聊起了一件很驚人的事……也難怪沙羅會如此錯愕。
她看傻的螢幕上映著這樣的對話：
『那個……妳們聽我說！我打工的店裡有一個常客。我之前就對他很有好感了，但我沒有看走眼，我在意的那個人做了一件會讓好感度增加的事～』
『喔～凜，具體來說是什麼事？』
『跟沙羅羅的那件事一樣，聽說他救了一個被壞人搭訕的可愛女生。』
『……咦，搭訕？』
『為什麼這麼驚訝，結奈奈？』
『沒有啦，其實我也有個在意的人，他今天也碰巧聊到搭訕的事。』

『是喔～結奈奈也是！太巧了吧！』

都能在螢幕另一邊看到兩人聊得眉飛色舞的樣子了。

注意到只有自己聊不上這話題，使沙羅心裡一酸。

這時，凜大概是注意到已讀數量有變，對沙羅說話了。

『沙羅羅，希望妳再遇到他的時候可以鄭重道謝喔……！』

『就是啊。』

結奈也接在凜之後傳訊。

沙羅回答：『謝謝妳們。』然後收起手機，決心這次一定要睡著。

（……如果真的能再遇到他就好了。）

對此不抱希望的沙羅還不知道——

這週末，她就與那個男生重逢了。

＊＊＊

過了幾天。

時光飛快流逝，迎來了週末。

晴也來到大型商場中的服飾店。

打扮光鮮亮麗的他，今天是來添購衣物。

（……廣告單上說今天是大特賣，幸好人沒有想像中那麼多。）

開始獨居後，就算有父母資助，晴也還是能省則省。

因此，晴也沒有放過特賣日的道理。

把折扣商品全部逛過一遍後，挑了幾件喜歡的拿在手上。

然後一邊衡量預算，一邊慎選該買的服飾，最後拿去結帳。

這時，與他擦肩而過的女子大概是抱著太多衣服，整個人搖搖晃晃的。

腳步踉蹌，隨時都可能跌倒。

晴也不禁覺得危險而緊盯著她看時，她果真要倒下來了。

晴也趕緊衝上前去——

「還好嗎？」

他扶著女子纖瘦的雙肩撐住她。

晴也只是因為對方就在眼前跌倒，不能坐視不管罷了，沒特別的意思。

光看到背影，就能感到對方相當可愛。

白襯衫和黑背心的搭配很和諧，強調胸部的剪裁使得鈕釦都歪了。

「……謝、謝謝你！」

女子聲音略為發抖，窺探晴也。

「……咦？」

幾秒鐘過去。

晴也忍不住懷疑自己的眼睛。

而對方似乎也是如此，眨了好幾次眼睛，僵在原處。

（這個女生不是……呃，不會吧。）

正好一週前被搭訕的那個女生，浮現在晴也腦海裡。

雖然服裝和當時不同，可是稚氣未脫的臉龐、燦爛明亮的雙眸和光澤亮麗的秀髮，晴也都不可能認錯。

愣在晴也眼前的人，無疑就是當時那個女生。

「你是那天那位……」

結果是她先開了口。

晴也心裡叫著：「這也未免太巧了吧。」但對方是否也當作巧合就是另一回事了。

為了不讓自己因為過分巧合的事被人當作跟蹤狂，晴也打算趕緊走人。

（……好，裝作沒看到。）

他臉上露出苦笑，轉身準備離去。

但對方卻揪住了他的衣襬。

「請、請等一下。請讓我連上一次的份……向你正式道謝。」

「呃，妳認錯人了。」

柔柔微笑的她愣了一下，隨後嚴肅地繼續說：

「……請讓我向你正式道謝。」

（……直接無視喔！）

雖這麼想，晴也最後還是輕吐一口氣，死了這條心。

「不用道謝啦……我沒做什麼大不了的事。」

上次的搭訕事件也是，晴也並沒有做什麼特別的事。

這次也不過是在她差點跌倒時扶住她而已。

事實上，就算沒有人攙扶，她可能也能自己站穩，因此說不定是晴也太著急了。

可是眼前的美少女徬徨閃動的眼眸，絲毫不想從晴也身上移開。

「這樣啊。」這時，晴也理解了。

（……是怕我跟她討人情吧。）

晴也是不可能去做那種事就是了……

不過，對方畢竟是這麼漂亮的美少女。

換作別人，動起歪腦筋想占她便宜也不足為奇。

所以這是她撇清關係的方式吧。

「……不行嗎？」

大概是那水汪汪的眼眸有種令人無法抗拒的壓力，晴也當場投降。

「那、那好吧……」

「非常謝謝你！」

晴也一點頭，沙羅的表情頓時發亮，露出迷人的笑容。

「那我們先各自買完衣服吧。」

「妳不要太顧慮我喔。」

就這樣，晴也買完衣服之後，和美少女共度了一小段時間。

＊＊＊

來到附近的家庭餐廳後，晴也開始後悔沒能狠心拒絕她。

（好尷尬……胃好痛……）

她和晴也來到的是大型連鎖家庭餐廳可可美。

價格合理，菜色豐富，是不分男女老幼都很喜歡的餐廳。

言歸正傳。

晴也眼前擺著焗烤飯、披薩、薯條和生菜沙拉，周圍瀰漫著尷尬的氣氛與異樣的緊張。

在旁人眼裡，他們就像是一對羞澀的情侶吧。

「那、那個……上星期和今天，都真的非常感謝你！」

女孩率先打破尷尬的沉默。

她挺直了背脊，表情略顯緊繃，恭敬地低頭道謝。

姿勢和聲音都強烈透露出了她的緊張。

（看她那麼緊張……我也會跟著緊張，不要這樣啦……）

晴也也靦腆地弄起髮梢。

讓人看見自己臉紅，總是件害羞的事。

「哪裡哪裡，不需要這麼客氣啦……？」

說老實話，晴也依然覺得那沒什麼大不了。

不過直接說出來，恐怕她又會回：「不要這麼說。」沒完沒了。

也就是兩人各說各話，沒有交集。

所以晴也決定坦率接受她的感謝。

但不習慣被別人感謝的他，口條難免有些不順。

看他這樣子，女孩輕聲微笑。

「呵呵……怎麼好像很懷疑一樣。總之，請你讓我鄭重向你道謝，愛吃多少都不用客氣。」

「不用啦，這樣就很夠了。」

先前原本只想點個焗烤飯就了事，結果她說千萬別客氣……就多點了披薩和薯條。

至於生菜沙拉大概是女孩覺得營養要均衡，熱心加點的。

她給自己點的是鮮蝦酪梨青醬義大利麵。

擺明是女性熱門菜色，讓晴也微露苦笑。

「唔，這樣啊。那就好。」

她似乎有所不滿，但看到晴也的苦笑後也就接受了，表情稍微柔和起來。

用餐前的寒暄告一段落，晴也打算將料理送入嘴裡，這時注意到對方的目光直盯著自己。

坐在正對面的她，大概是在等晴也享用桌上的料理。

晴也無法辜負她的期待，先從焗烤飯開動。

「……好吃耶。」

「這樣啊，太好了。」

焗烤飯滑順香濃，很對晴也的胃口。

點招牌菜果然是不會出錯。

只是她一直盯著人看，使晴也很難不緊張。

（被逼著在美少女的注視下吃飯，簡直是種拷問嘛……）

晴也自己對女性沒什麼抵抗力。

再加上坐對面的是個高水準美少女，身材又特別辣。

因此，一直被擁有美貌及豐滿身材的她盯著看，令他不由得感到緊張。

「……那、那個，雖然我這麼說很奇怪，但妳可以吃喔，不用客氣。那個……料理也會冷掉。」

拜託妳趕快吃吧！這樣很尷尬——這才是晴也的真心話，只是這當然不能說……

「說得也是，那我也開動了。」

女孩的意思聽起來簡直就像在等晴也這麼說，讓他覺得有點怪怪的。

不過，那股怪異的感覺也在她吃下義大利麵時立刻瓦解了。

她似乎在細細品味那股滋味，吃得眉開眼笑。

晴也不禁看著這樣的她看得入迷，之後甩甩頭，再次將料理送入口中。

餐畢，正準備去結帳時——

晴也發現女孩的視線不時往限定甜點的廣告牌瞄啊瞄地。

是檸檬戚風蛋糕的廣告。

大概是期間限定，每個桌位都有相同廣告牌，擺在醒目的位置。

看樣子，她是很想點吧。

應該是這樣沒錯，可是她似乎很在意晴也的反應，不時偷瞄過來。

（……要點就點啊，客氣什麼。）

然而，這是因為她覺得晴也已經吃不下了吧。

晴也確實是已經很飽了，但他還是決定體貼對方。

「……不好意思，可以再點一個這個限定甜點嗎？」

「咦……」

女孩沒想到他會這麼說，不禁杏眼圓睜。

……但一瞬間就恢復正常了。

「沒問題……那、那我也要點一份。」

她嘴角微微上揚地回答。

兩人就此加點了期間限定的甜點。

等了一會兒，鮮奶油上加了薄荷葉，乍看之下頗為高級的戚風蛋糕便上桌了。

對晴也來說，這次是他第一次在家庭餐廳點甜點……不過看起來有模有樣，水準很高，令他十分驚嘆。

對方似乎也這麼想，即使沒怎麼表現在臉上，眼睛卻似乎在發光。

事不宜遲，兩人立刻享用起檸檬口味的戚風蛋糕。

清爽的檸檬香與海綿蛋糕的香甜在口中擴散開來，好吃得不得了。

晴也享用之餘，也看了看女孩，發現她吃得好不愉快，露出迷人的表情。

雖然不是對她動了心，但是美少女的笑容自然是百看不膩，賞心悅目。

……然而一和晴也對上眼，她的笑容就黯淡了些。

晴也因此覺得有些遺憾。

「呃，請問怎麼了嗎？」

女孩注意到晴也的視線而歪起了頭。

「沒、沒有啦，只是覺得蛋糕很好吃。」

總不能說在看她笑，只好找個藉口搪塞過去。

晴也緊張的反應，讓女孩不解地皺了皺眉，隨後發現自己疏忽了什麼似的倒抽一口氣。

「那、那個……謝謝你這樣體貼我。」

「…………」

女孩忽視沉默不語的晴也，誠懇地繼續說：

「你是看我不好意思點這個戚風蛋糕，才特地說想點的吧……」

「我、我不知道妳在說什麼。」

「謝謝你……！」

晴也打算裝傻，但看來都被她看透了。

（……這種體貼本來不該被對方發現的，卻被她察覺到了，我果然還做得不夠好……）

晴也別開臉，躲避她出奇炙熱的視線。

並改變話題以掩飾羞赧。

「對了，這個蛋糕真的很好吃。」

「對啊，我也因為超乎期待，嚇了一跳。甜點這種東西很容易踩到雷，可是這個是中大獎了。」

「是喔，真想不到。」

「想不到……什麼？」

女孩不明白晴也的意思而問。

「那個……這樣說可能不太禮貌，但我以為妳是不太會有什麼好惡的人。」

就晴也看來，她是個家世好的女孩。

雖然不是說家世好就一定這樣，但晴也還是對她也有不喜歡的食物感到意外。

聽他這麼說之後，女孩掩著嘴輕笑起來。

「呵呵……你是說我看起來沒有好惡嗎？」

就像在說「怎麼會有那種人」一樣。

「像奶酪或杏仁豆腐那些，就很容易踩到雷喔？而且我也不喜歡豬肝或咖啡那種苦的東西。」

她說得都有點激動起來了。

仔細一看，眼角也稍微下垂，變得很自然。

感覺到她先前的緊張逐漸淡去，晴也不禁淺淺一笑。

「怎、怎麼了嗎？」

「沒有啦，看妳說到喜好的事就突然很有活力的樣子，我覺得滿好的。」

「啊，呃……不、不好意思。」

大概是被人指出這點覺得害羞，女孩不禁低下了頭，又不斷抬眼偷瞄，觀察晴也的反應。

「……！」

「別這麼說，又不是壞事。我覺得說出自己的意見也是很重要的事。」

女孩沒想到他會這麼說，眼神顯得徬徨。

「……就是說啊。」

還略帶自嘲地喃喃自語。

然後低下了頭。

彷彿在說她沒有那種資格。

見到她那個樣子，晴也頓時冷汗直流。

（……喂喂喂，該不會是踩到她的地雷了吧？這也太尷尬了……現在該怎麼辦啊。）

覺得自己碰觸到她不能碰的部分，讓晴也非常過意不去。

基於踩中地雷的歉疚、尷尬與罪惡感壓迫下，晴也不停獻殷勤，幫她拿東西、主動走外側等，這天直到解散前都在討她歡心。

『啊，我幫妳拿。』

『不嫌棄的話，我送妳一程。』

回想起自己如此諂媚的行為，晴也渾身一顫。

（我到底在幹麼啊？她一定覺得我很噁心吧。唉，好想哭。）

＊＊＊

隔天，晨間班會前的自由時間。

班上的S級美女們三人聚首，馬上熱烈地聊起她們的戀愛話題。

一如往常，學生們中也有人豎起耳朵偷聽，竊竊私語。

這也難怪。

因為S級美女之一，姬川沙羅描述的內容十分浪漫，令人好奇……

沙羅向其他S級美女——結奈和凜分享的是「再次遇到上週幫自己擺脫搭訕但未能道謝的那個人，並且一起吃飯」的事。

「沙羅羅……這真的很像是命運的邂逅耶！超棒的。」

「真的很難得。」

結奈和凜上週才為她遺憾自己沒能好好道歉的事，祝福她早日與對方重逢，結果沒想到來得這麼快，驚訝得不得了。

「……我也是真的嚇了好大一跳，幸好這次有跟他道謝！」

「太好了呢，沙羅羅。」

「……沙羅，恭喜妳如願以償。」

沙羅開心地對凜和結奈點點頭。

「話說回來，原來對方人這麼好啊～不只體貼，還會製造容易相處的氣氛，真的好紳士喔。」

「就是說啊……而且沙羅還邀他吃飯，好大膽喔。愈聽妳說，我就愈想見見他了。」

「是啊～！我現在好想知道我跟結奈奈在注意的人跟他相比哪個好了。」

凜和結奈開始深挖沙羅的八卦。

沙羅羞得臉頰泛起紅暈。

凜見到她這個樣子，瞇細眼睛說：

「希望妳還能再見到他喔，沙羅羅。見到妳喜歡的那個人。」

「……！什、什麼喜歡……還沒到那樣啦。」

沙羅立刻反駁凜的話，尖尖噘起了嘴，可是臉已經紅得像蘋果。

是凜的話讓她特別意識起對方吧。

即使她毫無自覺，但在旁人看來，沙羅現在這反應擺明是對對方有特殊的情愫。

沙羅很想叫凜別再說下去了，但她的反應超乎想像的可愛，讓還沒調侃夠的凜露出邪惡的笑。

「沙羅羅現在超可愛的啦～等我也有一個可以朝思暮想的人以後，我們就來個雙重約會吧？啊，加上結奈奈就是三重了吧。」

「……就、就說不是那樣了嘛。」

「所以妳對他一點意思都沒有？」

「……這、這個……」

沙羅又噘著嘴低下頭去。

「……我是覺得他很有魅力啦。」

聲音小到不行。

沙羅似乎不想讓她們看見自己通紅的臉，避開她們的視線，可是她連耳朵都紅了，根本藏不住。

看沙羅這樣，凜更想揶揄她了。這時，一直旁觀兩人互動的結奈開了口。

「……凜，沙羅很困擾，別再說了。」

凜一臉不滿地「咦～」了一聲，做作地聳聳肩，但立刻換上了笑嘻嘻的表情。

「好吧，妳說得沒錯。對不起，沙羅羅。」

「沒關係，妳知道就好……」

「那可以再告訴我，你們有沒有交換聯絡方式？」

「……呃，這個……」

凜的話讓沙羅頗為尷尬，還握緊了手，目光閃爍。

使凜察覺她還沒有對方的聯絡方式。

「別難過，即使現在沒有，我看你們肯定還是會遇到的啦。到時候一定要記得問喔，沙羅羅？」

「……就、就說我不是……」

究竟是喜歡，還是討厭。

若要選擇一個，那她必定會選喜歡，但也無法斷言是作為異性的那種喜歡。

沙羅似乎想這麼說，結奈卻打斷她，續道：

「——我只有一句話想說。喜歡一個人，其實是很難得的事……所以沙羅，不要讓自己後悔喔。」

「嗯，沙羅羅，我會支持妳的。」

結奈和凜八成是明知沙羅需要相親的事才故意這麼說的。

兩人的話使沙羅的嘴緊緊抿成一條線——

「不、不是那樣啦……真的。」

然後含蓄地轉向一旁，只能否認道。

另一邊，一部分的同學都聽到了S級美女們的對話，而這次晴也也不例外。

他今天也趴在桌上裝睡，不經意聽到了她們的對話。

不過這一次由不得他。

畢竟連續兩週都在他座位附近聊與他生活經歷極為相似的事，想當作沒聽見也很困難。

（能和救她擺脫搭訕的人重逢，真的很像命中註定啊。）

而且，晴也在心中補道。

（在那之後吃完飯就解散……愈聽愈像我那天的經歷……）

上週這樣，這週又是這樣……

讓晴也開始懷疑沙羅說的那個人真的就是他自己了。

……但晴也卻用一句「少臭美了」打消這念頭。

無論那與自己的體驗再怎麼相似，她所描述的那個人和自己實在差距太大。

（畢竟我狠狠踩中人家的地雷，後面還一直想辦法討她歡心呢……）

回想起自己昨天的慘狀，晴也就快吐了。

還是別想了吧，愈想愈替自己丟臉。

晴也不禁咒罵自己的窩囊。

在沙羅的描述裡，對方製造出了容易相處的氣氛。

光憑這一點就不可能是自己了。

愈是聽沙羅描述那個人，晴也就愈是痛恨自己這麼沒用。

（……等等，我也太糟糕了吧？跟她說的帥氣男人完全相反啊。）

狀況相似到幾乎一模一樣，角色的差距卻如此巨大，簡直笑死人了。

自卑感使晴也不禁氣餒。

（夠了，別再想這些事了。一直否定自己也不好。）

晴也只能說這些話給自己聽，殊不知姬川沙羅口中那個帥氣的男生真的就是他自己。

***

到了放學後。

沉悶的學校生活又一天過去。有人留下來忙社團活動，有人留下來念書，有人直接回家，形形色色。

晴也在這之中是放學後直接回家的人，不過今天不一樣，他沒往校舍入口走，而是前往頂樓。

因為今天橘紅的夕陽特別美，他想上頂樓好好欣賞一番。

基本上，頂樓禁止學生進入，都會上鎖。但或許是校方疏於維修，門鎖早就壞了，可以自由進出。

當然，不是說這樣就可以光明正大進去……

晴也是在校內閒晃時碰巧發現頂樓的門鎖壞了，從此想欣賞夕陽時，他都會像這樣偷偷溜上來。

今天，就是那樣的日子。

一推開生鏽的門，暖風便吹過晴也全身。

他來到圍欄邊摘下眼鏡，撥開蓋住眼睛的頭髮，以便瞭望遠景與美麗的夕陽。大海。

晴也眼前是一望無際的璀璨大海反射著夕陽閃耀的光輝，這天然畫作看得他移不開眼睛。

然而就在他呼吸著新鮮空氣，入迷地享受如此美景幾分鐘之後——

有個人打斷了他一個人的時光。

「……好、好美喔。」

背後冷不防傳來頗為耳熟的聲音。

晴也不禁轉過頭去……然後傻住。

他反覆眨了幾次眼睛，確定自己不是眼花。

纖長的美腿，凹凸有致的身材，柔亮的頭髮。

仍有些稚氣，卻仍不失高雅的面龐。

一開始，晴也還以為是看到幻覺。

因為那正是他上星期及昨天意外碰見的美少女……

對方也嚇得愣住了。兩人之間流過幾秒鐘的沉默，而先出聲的，是她。

「……我好驚訝。」

沙羅水亮的大眼睛眨了又眨，說道：

「原來我們讀同一所高中……」

晴也也是那麼驚訝。

但是，有件事讓他的疑惑高過了驚訝。

既然對方是同一所高中的學生，那麼結論只會有一個了。

（居然真的是同學……哈、哈哈……）

晴也回想班上那位跟他經歷非常相似的女生。

搭訕、重逢……聲音也很像。

條件符合成這樣，沒什麼好懷疑了。

（……有沒有搞錯啊？）

晴也當然對自己的遲鈍大感吃驚，不過他對沒興趣或不關心的事本來就毫不在意，所以他將這當作無可奈何的事。

但是，他還是非常想吐槽。

（……我哪有那麼帥啊！既沒有帥氣救人，也沒有製造什麼容易相處的氣氛啊！）

這到底是怎麼回事啊？

晴也臉上滿是苦笑。

看來晴也與她的認知有很大的出入。

至少晴也怎麼也無法將她在班上說的帥氣人物與自己畫上等號。

晴也很想立刻問她這是怎麼回事，但他做不到。

因為這等於是對她坦承自己跟她是同學。

沙羅是班上的Ｓ級美女之一，受到強烈矚目。

如果主動坦白說：「其實那天那個人……就是妳的同班同學，欸嘿♡」事情肯定會變得很複雜。

光是想像就不禁發抖。

此時此刻，晴也要注意的有兩件事。

・無論如何都不能被她發現自己的身分。

・必須降低對方對自己過高的評價。

這兩項即是晴也現在非做不可的事。

前者當然是因為洩漏身分以後就低調不下去了，說什麼也不能洩漏身分。

後者則是她在心中把晴也美化過頭……不，根本就是捏造了，必須降低她的印象分數，抹消她對自己的注意力才行。

不這麼做，她恐怕不會明白那個形象是她美化過頭的誤會吧。

自己沒有她想像中那麼帥。不讓她知道真相，晴也會寢食難安。

「——那、那個，抱歉嚇到你了，不要嚇成這樣嘛。」

想到這裡，晴也被她的話拉回現實。

「咦……喔，不好意思。」

「哪、哪裡……不過，我也真的是嚇到了……」

晴也躲開那深感興趣的凝視目光時，她用一聲「話說」改變了話題。

「這裡的夕陽真的好美喔。」

但她的下半句，卻是用「可是」開頭。

「這裡應該是禁止進入的吧？」

她大概是一本正經的個性，皺眉瞇眼起來。

「沒有啦，我看鎖壞掉了，就……哈、哈哈哈。」

「鎖、鎖壞了也不代表可以上來吧？」

（對，妳說得沒錯。對不起。）

沙羅說得很對，晴也無言以對，只能在心裡道歉。

不過此時，晴也對她也有疑問——那妳還不是一樣？

大概是寫在臉上了，只見她連忙解釋。

「我是……那、那個，今天一直都靜不下心，在學校裡到處亂走，看到頂樓門沒關就上來了。」

「這、這樣啊。」

「既然頂樓的鎖壞了，就應該要報告了吧。」

她手掂著下巴思考起來。

報告，也就是通知學校沒錯吧。

以一位學生而言，她做的當然是正確的，但晴也不能眼睜睜地看她這麼做。

因為鎖修好以後，他就不能上頂樓了。

也就表示再也不能在這裡欣賞美麗的夕陽了。

這怎麼行。晴也焦急起來。

一不小心，嘴巴已經自己動起來了。

「……那、那個，拜託不要。只要在我能力所及的範圍，我什麼都願意做，所以可以不要向學校報告嗎……」

晴也雙手合十地懇求。

不能再看到這片景致太過可惜，因此他說得誇張了一點。

對方似乎對「什麼都願意做」這句話有所反應，肩膀顫了一下。

接著目光游移了一會，顯得有點害羞。

最後下定決心似的抿緊了嘴，她忐忑地開口說：

「……既、既然這樣，我想請你答應我一件事，好嗎？」

她帶著哀淒的表情說著，能勾起別人的保護欲。

晴也聞到麻煩的味道，當場就想拒絕，卻又不得不從。

他說什麼都想守住頂樓的美景。

「所以是什麼事？」

沙羅顯得有不好意思，怯怯地說：

「……能、能請你跟我交換聯絡方式嗎？」

「咦……」

意想不到的要求，使晴也不禁傻叫一聲。

因為她提出一個極其簡單的要求。

而且為了毀掉被她捏造而成的形象，交換聯絡方式對晴也來說很有利。

「沒問題啊。」

「……！太好了，謝謝你！」

聽晴也這麼說，她安心地吐出一口氣，眼尾也放鬆下來。

接下來就是兩人拿出手機，迅速交換聯絡方式。這時晴也忽然想到一件事，趕緊喊停。

理由很單純。

因為晴也用的通訊軟體上，顯示名稱依然是本名「Akasaki Haruya」。

都被對方發現念同一所學校了，要是連本名都洩露出去，真實身分恐怕不保。

於是晴也連忙將顯示名稱改成某本少女漫畫男主角的名字「Asai Yuu」。

儘管沙羅對晴也這時的慌張舉動頗為不解，兩人仍順利交換了聯絡方式。

「你的名字是淺井悠啊。」

「……！沒、沒錯……」

使用假名，讓晴也有些罪惡感，而沙羅下一句話更使得他腦袋一片空白。

「可以一併……告訴我你幾年幾班嗎？」

「呃，我是──」

這時晴也發現不妙。

（名字能蒙混過去，可是班級不行啊……）

他額頭上冒出冷汗。

學校又沒多大，如果亂說，一查就露出馬腳了。

因此，晴也又傷起腦筋。

（……不對，為了降低她對我的評價，說不定亂說才是最好的選擇。）

晴也本來的目的就是保持低調，以及讓她知道自己不像她說得那麼好。

……所以晴也決定敷衍她的問題。

「一年I班。」

「I班？……呵呵，不要開玩笑啦。」

沙羅被逗樂似的輕聲笑著。

私立榮華學園的一年級只有A～H八個班級。

I班並不存在，晴也才會故意這樣說。然而……

「哈哈哈，用那麼認真的表情說I班……你這個人好特別喔。」

她臉上的淺笑一定是只是陪笑。不會錯的。

「對不起……你不說也沒關係的。」

沙羅以不想說也無妨的眼神注視晴也的眼。

「……對。我不太方便說，不好意思。」

說謊的罪惡感使晴也老實低頭道歉。

然後他尷尬地搔搔後腦杓時，沙羅已經心滿意足了似的微笑。

「有什麼不方便的啊……不過沒關係，你不需要道歉。以後請多多指教喔，淺井同學。」

「好，請多指教……」

彼此打過招呼後，她——姬川沙羅突然想起些什麼而「啊」了一聲。

「我也是一年級，跟我說話不用太拘謹啦……」

接著她嬌羞地抬眼看來。晴也手扶下巴，思考怎麼回答才是最好。

（現在該怎麼做才對呢？該對她繼續說話拘謹一點，還是親近一點呢？如果要讓她覺得我是個差勁的人，故意裝熟肯定最好吧。）

這麼想之後，晴也表情認真地——

「那好吧，請多指教了……沙、沙羅……」

刻意扮演過度裝熟的感覺。

不過他沒有直接稱呼女生名字的經驗，感覺身上有蟲在鑽一樣很不習慣。可惡，我這白痴。

（這比想像中害羞很多耶。）

晴也這麼想著往沙羅看——而她圓潤的眼睛也望著晴也，手握胸前。

並在注意到晴也的視線後說：

「好的，以後請多多指教……淺井同學。」

然後低下了頭。看來是十分有效。

（她怕了她怕了……好像很有效。很好，就是這樣，就這樣繼續降低好感度就好。等她對我沒興趣以後，就不會在班上聊到我了。）

相較於暗自奸笑的晴也，沙羅這邊則是——

（他叫了我的名字……直呼我的名字，而且不告訴我班級，一定也是想跟我玩遊戲，要我自己去查出來，想逗我開心吧……）

覺得他這個人真的很特別的同時，她的心不由自主地愈跳愈快。居然有人這麼為她著想。

就這樣……兩人之間出現了巨大的誤會。

晴也其實是想降低沙羅對他的好感。

沙羅卻以善意角度解釋了他的行為。

兩人都不知道對方的心思。

＊＊＊

當天夜裡。

與晴也交換聯絡方式後，沙羅在自己床上盯著手機螢幕，心裡慌亂無比。兩眼的焦點，定在聯絡人「Asai Yuu」上。

「天啊……我怎麼會做這麼大膽的事啊。」

也許是無法鎮定下來，她從剛才就把頭壓在枕頭上打滾了。

儘管如此，沙羅回想起與晴也共度的時光。

（完全沒想到我跟他……跟淺井同學會是同一所高中啊……）

不僅和救命恩人重逢，對方還是同校同學……

雖然還沒告訴凜和結奈，但已經能輕易想像她們的反應了。

（……就、就像少女漫畫呢。）

儘管看得不多，沙羅仍有這樣的感覺。

凜和結奈一定也會這樣想。

不誇張，若有人說這是「命中註定」，沙羅似乎會相信。

沙羅會反常地激動起來，或許是因為感受到了命運的安排。

她點開晴也的聊天室，煩惱該不該傳訊息給他。

「……至少該打個招呼吧。」

沙羅輸入訊息又刪除，輸入又刪除……

反覆好幾次以後「嗚～」地呻吟起來。

「像這種時候，沒人喜歡硬梆梆的問候吧……可是太簡潔也很無趣，是不是傳個貼圖比較好呢？不，可是——」

找不出結論的沙羅「唉～」地深深嘆息。

至今，她不曾為了文字互動煩惱過。

但現在卻苦惱得快發瘋了。

「呼……」沙羅長吁出一口氣，像說服自己似的低喃。

（……這、這不是喜歡他，我只是覺得還沒向他好好道謝而已。）

——不要緊，不要緊。

反覆對自己這麼說之後，沙羅對晴也送出一則訊息。

送出後，為了不讓自己事後因為害羞而刪掉訊息，她趁勢把手機關機。

儘管沙羅否認這種感覺是戀愛，但那模樣擺明是個為愛苦惱的少女。

第二章
沙羅的幸福

nazeka
S-class bizyotachi
no wadai ni
ore ga agaru ken

和沙羅交換聯絡方式後的第二天。

今天氣溫也很高，是個心曠神怡的大晴天。

就連對班上毫不關心的晴也也已經習慣了，今天S級美女們仍在班上大聊戀愛八卦。

「——咦，你們這麼快就交換聯絡方式嗎？」

「真的很像命中註定耶，沙羅……」

沙羅對其他S級美女說的內容非常簡單明瞭。

隱瞞頂樓的事以及她和晴也念同一所高中的部分，只說了交換聯絡方式的事實。

不過透漏這件事後，當然……

「咦，所以你們之間是發生了什麼事，怎麼交換的？」

會被問起其來龍去脈也無可厚非。

愛聽戀愛八卦的凜逼近沙羅追問，沙羅就忸怩地開口：

「……那是祕、祕密。」

「「……！」」

結奈和凜同時瞪大眼睛愣住。

沙羅態度溫順地低下頭，不敢對上兩人的目光，而且臉頰微微泛紅。

大概是因為她的模樣太可愛了。

凜沒再對沙羅的話追問下去，一把抱住她。

「沙羅羅，妳剛才超可愛的！好吧，我就不問來龍去脈了！……可是，為什麼要保密啊？」

凜擺出賊兮兮的壞表情問。沙羅別開臉，害羞回答：

「因為……那個，我心裡不太確定，妳們兩個都長得很漂亮，所以不太想告訴妳們……」

結奈和凜聽了相視而笑。

這句話就像赤裸裸的告白，透露出「我喜歡他了」的感情，沙羅卻沒有自覺。

「是嗎是嗎～那我就不能問細節了。」

凜滿意地頻頻點頭。

結奈也揚起嘴角，很高興的樣子。

沙羅沒有意識到自己對晴也的好感，卻感到擔心害怕。

害怕結奈和凜知道晴也是同一所高中的學生，認識他之後……她們也會被他吸引。

但沙羅又非常想聊他的事。

因為她從來都無法參與這種異性話題，總是一個人無法融入。

結奈似乎理解了沙羅的想法，將手輕放在她頭上說：

「我——不對，妳不用在意我和凜怎麼想。妳可以有話想說就說……如果凜的好奇心過了頭——」

結奈轉向凜，捏起她的鼻子。

「我會這樣懲罰她。」

「……會、會凍啦。很凍耶……結奈奈。」

結奈放開手後，凜按著鼻子一陣子，不久後淚汪汪地點點頭。

「不過結奈奈說得沒錯，我們是朋友，不用顧忌那麼多喔，沙羅羅。所以妳想大聊那種事的時候，儘管開口。應該說，我隨時歡迎。」

聽到凜和結奈的這番話，沙羅臉上浮現柔和的笑容。

「……謝謝妳們！」

「嗯，那言歸正傳——剛剛聊到交換了聯絡方式吧。」

「對，是沒錯……」

「交換了聯絡方式是很好，但妳在那以後大概……不知道該怎麼辦才好吧？」

觀察力似乎不錯的結奈對沙羅問道。

沙羅睜大眼睛……凜這次轉而抱住結奈。

「咦，看沙羅羅的樣子根本是說中了嘛……結奈奈好厲害喔！」

「……拜、拜託，不要抱上來啦。」

「嘿嘿嘿，結奈奈好香喔～」

「喂，不要聞我的味道！」

（這裡就是天堂嗎……）

聽到她們對話的一部分同學——

（貼貼啊……）

（……看著她們的我都害羞起來了。）

都抱著這樣的感想。

結奈拚命推開凜之後，凜似乎有事忘了說，想起來似的「啊！」一聲後跟沙羅說：

「沙羅羅，妳當然也很香喔！」

「咦，那、那個……」

「妳看，沙羅很困擾啦，每次都馬上就離題。」

結奈傻眼地斥責凜。

然後將話題導回正軌。

「所以，交換了聯絡方式是很好，但妳不知道在那之後該怎麼辦吧？」

「……！對、對。」

——接下來，S級美女們開始針對「交換聯絡方式以後該怎麼辦」聊了起來。

對於S級美女們的話題，晴也今天也裝睡又留意偷聽，但心裡想尖叫到受不了。

（嗯？太奇怪了吧？照這樣看來，好感度完全沒下降……）

反而還上升了。

（……這下子，午休得更努力降低好感度了。）

——交換聯絡方式以後該怎麼辦？

沙羅這樣詢問其他S級美女，但時間回到不久前——其實昨晚，她傳了一則訊息給晴也。

『明天午休，方便的話……可以到頂樓來嗎？』

所以她才會向其他S級美女徵詢意見，確認自己的選擇對不對。

「——對了，妳們有聽過淺井悠這個名字嗎？」

偷聽S級美女對話時，沙羅的問題傳進晴也耳裡。

「淺井悠……我記得那是少女漫畫主角的名字，怎麼了嗎？」

「沒有啦，我有個朋友說他很帥……是少女漫畫角色的名字嗎……」

「咦，結奈奈！妳看起來是不會看少女漫畫的人，結果居然會看嗎？」

「……沒、沒有啦，我表妹很常看，有聽過她說的樣子。」

「我想也是～結奈奈感覺不太會看少女漫畫。」

「那當然……」

聽到S級美女的這段對話，晴也渾身顫了一下。

（……姬川同學馬上就想找人了……啊～好可怕。）

幸好用了假名。晴也鬆了一口氣。

（不過，我可能跟那個表妹非常合得來呢。）

淺井悠會登場的少女漫畫十分小眾。

能這麼快就知道他是「少女漫畫的角色」，能看出是少女漫畫的重度愛好者。

就在晴也對那位素昧平生的某人逕自感到親近時，忽然有人從背後拍拍他的肩膀。

「——你是怎麼了？竟然會對S級美女們感興趣。」

後面座位的居民——風宮嘻皮笑臉地問。

即使有設法隱瞞自己在偷聽Ｓ級美女對話的事，但還是被風宮看出來了。

晴也挺起沉重的身體，懶懶地回頭。

「抱歉啊……那樣的赤崎會對Ｓ級美女們有興趣讓我很意外，就忍不住問你了。」

「因為最近發生過一些事。」

「喔～不過我懂喔！姬川同學……有喜歡的人了，我也很好奇以後會怎麼樣呢。」

「我沒問你的感想耶。」

「不要說得那麼無情嘛～我的朋友跟周圍的人都不太想聊這個話題啊。」

（先不說朋友……我連他周圍的人都不是嗎？）

暫且不管吐槽，晴也對沙羅的事表現出興趣。

結果，風宮把手豎在面前擺了擺。

「……勸你別想。」

「我又不是說我喜歡她或是想告白什麼的。」

「那你怎麼會突然關心起她的事？」

「沒為什麼，我只是想老實接受你先前的忠告啊。」

先前的忠告是指「透過了解Ｓ級美女們，擴大交友圈」的事。

風宮雖然有點不太滿意，仍一臉狐疑地向晴也說明。

「也是啦，畢竟姬川同學是班上的名人嘛……不過，她最近好像對某個人動心了。她家世非常好，本來就是不會隨便讓人靠近的類型，所以好像很少人跟她告白。」

晴也的心臟不禁怦然一跳。

他現在知道沙羅心動的對象就是自己，不由得苦笑起來。

晴也佯裝鎮靜，催促風宮繼續說下去後，風宮續道：

「而且她會念書，也擅長運動，長得漂亮又有教養。老實說，根本無從挑剔啊。」

據說沙羅是完美主義者，是至今都確實留下好成績的人。

或許是因為無從挑剔，剛開學就奪走了不少男學生的心。

不過晴也對這一切完全不知情……

「反正就是她現在有喜歡的人了，我想應該沒機會，但你加油吧。」

「才不是那樣。」

晴也揮開風宮放到肩上的手，轉回前方。

＊＊＊

上午的課程結束，午休到來。

晴也在沒什麼人的地方整理頭髮，摘下眼鏡後走到頂樓。

拿著午餐三明治打開頂樓的門後，萬里無雲的藍天和舒爽清風迎接著晴也。

若是平時，他一上來就能徹底放鬆心情，但今天卻依然鬱悶。原因很簡單，因為一頭金髮隨風飄逸的沙羅已經在頂樓了。

「啊，淺井同學！謝謝你願意前來赴約。」

「妳好，姬川同學。」

沙羅只是以共進午餐的名義約晴也出來的。

晴也刻意與沙羅隔了段距離坐下，沙羅卻特意靠過來，坐到他旁邊。

晴也露出苦笑，沙羅則帶著柔和的笑容。

「……你不用那麼緊張，而且叫我沙羅就可以了。」

（不，我只是想惹妳生氣而已☆）

這種話能說出口就輕鬆了……態度之所以無法太過強硬，是因為自己是個廢物吧。

（……我太沒用了。）

無法以「沙羅」稱呼她也是因為羞恥侵襲而來，沒有其他原因。

痛切感受到自己的窩囊之餘，他打開三明治的包裝。

「……我開動了。」

晴也雙手合十在用餐前說一聲，咬了一口三明治。

「是便利商店的嗎……」

「是啊。」

「你平常都吃便利商店嗎？」

「我一個人住，煮飯很麻煩嘛……最後就變這樣了。」

「……這、這樣啊。我也是一個人住，所以能了解你的感受。」

沙羅露出苦笑，表情僵硬。

（這是……知道我個性懶散，失望了嗎？）

晴也從沙羅的反應感受到明顯的效果，真是天上掉下來的禮物。

「基本上，我很懶得打掃，飯也是隨便吃一吃……」

聽完晴也說的話，沙羅低下頭，雙手緊握成拳。

仔細一看……她的笑臉很僵硬。

（反應不錯，這是對我的好感度下降了的證明……！）

晴也暗自竊喜的同時，沙羅也下了某種決心似的看向他：

「——如果你願意的話，要不要吃我的便當？」

「……咦？」

晴也不禁發出呆愣的聲音。

不是，為什麼……心裡最先湧上這樣的疑問。

見到疑惑的晴也，沙羅似乎發現到自己說明不足，開始解釋。

「我原本就是為了這件事約你上來的。因為到頭來……我覺得自己還是沒有好好向淺井同學致謝，所以在想能不能為你做什麼當作謝禮。」

「不，就說不需要謝我了。」

「——那可不行。你不只幫我擺脫搭訕的人，還很體貼，上週末也對我很紳士不是嗎？我一定要好好答謝你。」

那都是誤會。上週末是因為晴也覺得自己踩到了沙羅的地雷，覺得要負起責任……才會刻意做出幫她拿東西、體貼她等紳士的行徑。

因此，沙羅不需要感謝……

但是在晴也否認之前，沙羅先打斷了他的話。

「淺井同學是你為我著想才這麼做的……不是嗎？」

她看向晴也的表情充滿了自信。

晴也無法否定她滿懷期待的想法，別過臉打馬虎眼。

（……就算說不是那樣，這也是一種酷刑啊。）

在她面前解釋自己有多差勁。

不停吐出貶低自己的言論。

沒有比這更痛苦的事了吧。

沙羅似乎將他的沉默視為默認，露出柔和的笑容，遞出自己的便當。

「就是這樣，所以請你接受我的感謝。」

「可是……為什麼是便當？」

「你剛才說，你中午大多都吃便利商店，我覺得營養均衡很重要，所以……」

看來是顧慮到晴也的健康而如此提議的。

沙羅的笑臉會如此僵硬，也是因為沒有勇氣請晴也吃自己做的便當，心裡緊張所致。

「那我真的可以吃嗎？」

「是，請用……」

沙羅拿出預備的免洗筷，交給晴也。

晴也瞥了緊張到表情僵硬的沙羅一眼，對五彩繽紛的豐盛便當下筷。

裡頭有著煎蛋、炸雞、沙拉等菜色。

老實說，每一樣都很好吃，讓晴也忍不住大口吃起來。

晴也無法對美食說謊，不對，他應該是下意識地脫口說出了「好吃」兩字。

他也曾打算故意說不好吃，降低沙羅對他的好感度，結果悲慘地不了了之。

於是晴也嘗試下一個計畫……霸占沙羅的便當。

簡單來說就是不考慮沙羅，吃掉絕大部分的便當，讓沙羅沒得吃，是個非常惡毒的作戰計畫。

晴也就這樣默默吃著沙羅的便當，每次吃下用心製作的料理都吃得嘖嘖作響。

（……好有罪惡感，不過這樣一來，我的評價一定會下降。）

晴也一廂情願地這麼認為，暗自放下心來。

然而事與願違，沙羅有點滿足地看著晴也的側臉。

（……他這麼津津有味地大口吃著我做的便當，好開心！）

沙羅心跳加速，瞪大眼睛，聲音有些分岔地說：

「那、那個，不嫌棄的話，我希望以後也可以在這邊一起吃午餐。」

晴也心裡只覺得麻煩。

每次上來這邊都要整理頭髮，避人耳目……

不過，如果要降低她對自己的好感，今後也不能躲著她。

「……這、這個嘛……」

儘管如此，晴也還是有些猶豫，可是沙羅馬上道：

「那我明天也在這裡等你！」

面對她有如樹林間灑下柔光的笑容，晴也只有苦笑點頭的份。

「……好吧，明天見。」

就這樣，和沙羅在頂樓上共度祕密時光成了晴也的例行公事。

……然而，他有句話想說。

（姬川同學？就算妳用笑臉蒙混過去了，但妳也會精明地利用頂樓啊……）

模範生的設定跑去哪裡了？晴也暗自吐槽。

＊＊＊

放學前，在下午班會前的空閒時間。

上完無聊的課程，等導師過來時，同學們大聊特聊，教室裡充滿了吱吱喳喳的喧噪。

在這當中，晴也平靜地獨自趴在桌上……

「——有人津津有味地吃著自己親手做的便當，是一件非常讓人高興的事呢！」

「我懂～尤其是看到想請他品嘗的對象吃得很開心，會超高興的！」

「也是，雖然我沒經驗，可是好像能體會……」

S級美女們的話題忽然傳進耳裡。

「什麼什麼？沙羅羅，妳中午不在該不會就是因為那樣吧？」

「……啊，我也想知道。」

「並、並不是那樣，只是想像過後，覺得很興奮而已。」

沙羅笑容滿面地低語，讓晴也在心中大喊：「不會吧……」

對於自己採取的行動不如預想，被對方解讀為好事，他懊悔得不得了。

（不，為什麼啊……我應該吃得很沒禮貌……不會讓她覺得很開心才對啊……）

這麼想時，沙羅像在對答案似的和其他S級美女補充說明：

「……一開始他說好吃，我還會懷疑他是不是在說客套話，可是看他大口吃了好多，我感覺得到那是他的真心話。而且我……對烹飪其實沒什麼自信……」

「也是，吃很多的話就不是客套話了……」

「嗯嗯，吃愈多就愈可信呢～」

凜點著頭說完，沙羅用力點頭，強烈認同地說：「就是說啊！」

（該不會淺井同學也是預料到了這一點才……）

沙羅一開始思索這個可能性，心就怦然一跳。

想到真命天子般的男性看穿了自己的本質，就令她害羞到不行。

沙羅拚命地想抑制從內心深處滾滾而起的火熱燒紅她的臉。

這時，凜見到沙羅這個樣子，更續道：

「希望總有一天，有人會大口吃掉妳的便當喔！」

「是啊，我會為妳加油。」

結奈跟著附和道，沙羅挑起一眉笑起來。

暗自竊喜的她，努力避免喜形於色。

（……結奈同學和凜同學都好羨慕的樣子……我還是第一次感覺這麼開心，呵呵！）

沙羅拚命壓下一直想勾起竊笑的嘴角。

晴也在附近聽著沙羅的話，在心裡抱頭慘叫。

（不應該這樣啊……而且好感度好像提升了，是我的錯覺嗎……？）

降低好感度，使沙羅對自己失去興趣，不再跟S級美女們提到自己，最後他就能保持低調。

晴也一直是想達到這目的而行動，但他強烈地覺得，目前這一切造成了反效果。

唯一有守住的，只有「隱瞞身分」這件事吧。

至少，只有這件事絕對非死守不可。

晴也從這件事上感到命在旦夕，於是聯絡平常聊心事的人，想向她求救。

『……Nayu，今天晚上可以見個面嗎？』

『……可以啊。』

傳出訊息時，S級美女之一的結奈——

「咦，結奈奈？誰找妳啊？」

「……沒、沒有啦，沒什麼。」

「咦～為什麼不告訴我？」

「真的沒什麼……」

被凜逼問時，結奈拚命蒙混過去，而晴也完全沒注意到這一幕。

＊＊＊

時間來到晚間七點多。

天色已經稍微暗下來，月亮探出了臉。

晴也用髮蠟抓好頭髮，穿上白襯衫和黑色針織外套，在相約的車站單獨等待某人到來。

雖說是春天，晚上還是有點涼。

晴也比約好的時間提早一點抵達，正想找個室內的地方避避風寒——

「……Haru，久等了。」

背後傳來清澈冷冽的聲音。

轉頭一看，是一位頗為成熟，略顯緊張的女性。

她穿著尺寸稍大的連帽衣搭配牛仔褲，十分休閒。

但是那樣休閒的服裝帶著成熟女性具有的魅力。

這肯定是因為悠然佇立的她是個美女。

不過她每次見面都戴著墨鏡，晴也不曾見過她的全貌……

「……抱歉，等很久了嗎？」

「沒有，我也剛到。」

「是嗎？那就好。」

說著像情侶的老套招呼後，晴也看看四周，忽然害羞起來。

（仔細一看……旁邊好多情侶啊。）

這裡是車站知名的噴水池邊。

很多人都會和朋友約在這裡見面，但不知為何，唯獨今天到處都是年輕情侶。

假日就算了，平日很難得見到這種狀況。

晴也這麼想時，Nayu似乎也有同感，說道：

「今天好像情侶特別多呢。」

「好像是這樣。」

現在就有好幾對情侶挽著手，在眼前交錯來往。

「……在別人看來，我們該不會也像情侶吧？」

拜託不要用這麼嫵媚的聲音說這種話。

心臟不禁猛跳了一下。

（……Nayu說這種話不害羞嗎？）

晴也這麼想著，但大概是所謂大人的從容，從她身上感覺不到一絲緊張。

晴也難為情地看向Nayu，她用手指捻著頭髮，抱歉地低聲說：

「……對了，不好意思，你今天穿得這麼好看，我卻沒有特別打扮。」

「不，妳不用在意啦。而且我不覺得這有什麼好道歉的。」

「……你特別打扮過，我卻完全沒打扮不是有點失禮嗎？所以對不起，我一時沒注意，穿這麼隨便就出門了。」

對於晴也來說，這種事根本不必放在心上，但她似乎不這麼想。

雖然她說自己穿得很隨便，但她今天的打扮其實也很漂亮。

穿得很輕鬆沒錯，卻凸顯出她本人的魅力。

「……而且我覺得今天穿得特別隨便。」

「我覺得很好看啊……有點中性。」

感覺略微寬大的服裝。

穿在美女身上，在晴也眼中看來既新鮮又富有魅力。

只是他無法直接對本人說出「可愛」或「美女」這種話……

晴也害羞地搔搔臉頰，對她的服裝說出直率的感想。

「……！是、是嗎？Haru，原來你喜歡這種的啊？」

語氣帶著一點調侃。

瞪大那雙美麗的眼眸後，她抹了口紅的晶亮唇瓣接著說。

雙頰泛紅，表情沉穩。

「謝謝，你也穿得跟之前一樣好看……」

跟之前一樣——是說晴也又穿著老樣子的黑白色調服裝吧。

受人誇獎感覺不差，可是也許是因為周圍有很多情侶，讓晴也感覺不太自在。

他為掩飾害羞，他對Nayu問：

「妳想要去哪裡吃東西嗎？」

「上次是去家庭餐廳……車站附近有一間最近評價不錯的咖啡廳。」

剎那間，晴也的腦中閃過他常去的那家咖啡廳。

想到Nayu或許也是同家店的常客，他就感到雀躍。

但聽到Nayu說的是車站附近，那就不是了……晴也聳了聳肩。

「聽說甜點非常好吃，你不介意的話，我們去吃吃看吧？如果你有其他想去的地方就算了。」

咖啡廳的話，應該沒有店家能勝過他常去的那一家。

晴也雖然這麼想，可是聽到「評價不錯」就被勾起了興趣。

「不，就去那裡吧。」

「……那走吧。」

Nayu帶頭似的率先走在前面。

晴也跟著她，往咖啡廳走去。

＊＊＊

網聚指的是在社群網站等網路上認識，又趣味相投的人們在現實中見面，而晴也與Nayu之間，對「網聚」下了一點規則。

第一，要互相推薦少女漫畫，討論感想。

第二，不過問彼此的私事。

就這兩點。

因此，晴也和Nayu照常在咖啡廳點完餐後討論感想，晴也推薦少女漫畫給她。

暢聊少女漫畫聊了約二十分鐘後……話題暫時告一段落。

「……對了，Haru，原來你喜歡喝黑咖啡啊？」

晴也啜飲一口送上桌的咖啡時，Nayu突然這麼問。

實際上，晴也去咖啡廳通常都是點黑咖啡，品味其香氣、醇香與味道。

現在他就在享受咖啡的香氣。

「妳不愛黑咖啡嗎？」

Nayu給人成熟的印象，晴也還以為她也是喝無糖咖啡的人，但是……

「我不太喜歡苦的東西。」

Nayu自嘲似的說完，拿來擺在桌邊的奶精和糖想加進咖啡。

這時，晴也忍不住制止她。

「這裡的黑咖啡不像妳想的那麼苦，要不要先喝一口看看？」

晴也率直地認為這裡的黑咖啡特別順口。

聽他這樣隨口說說，Nayu先是皺起眉，之後吁出一口氣，決定一試，緩緩張口。

「既然你這樣說，我就相信你一次。要先嗅聞它的香氣……再這樣品嘗味道吧？」

Nayu刻意翹起腳，擺出很跩的樣子。即使隔著墨鏡也能看出她瞇起了眼。

表現出「勝利組都是這樣喝咖啡的吧？」的偏見。

然後Nayu翹著二郎腿，一手撐著桌子，了然無趣地望著窗外。做作的模樣有點惹人厭，但有模有樣的。

渾身散發出幹練職業女性的氣質。

「……嗯～不過只有服裝不合格吧。」

Nayu捏起寬鬆的帽T搖了搖，喃喃地說，然後投來「反正差不多是這樣吧？」的眼神。

接著酷酷地將咖啡端到嘴邊——

「……奇怪，好像還不——唔唔唔！」

她突然瞪大眼，露出難受的表情。

眉頭皺起，先前的酷樣瞬間崩塌。

從容的「成熟女性」頓時消失無蹤。

Nayu稍微吐出舌頭，怨恨地看著晴也。

「……好、好苦。Haru，你騙人。」

「沒有啦，我真的覺得這裡的黑咖啡很順口……」

「不要笑啦……讓我有點害羞。」

見到Nayu靦腆的樣子，晴也不禁輕笑起來。

氣質成熟的她一下子變得像個孩子，讓晴也覺得她很可愛。

而為了讓別過頭的她不再對自己發脾氣，晴也突然改變話題。

不過對晴也來說——這才是他今天的正題。

「雖然有點突然……但我最近有個困擾，可以聽我說說嗎？」

「……可以拒絕嗎？」

「不是什麼糟糕的事啦。」

即使晴也立刻回答，Nayu還是明顯擺出厭惡的表情。

可是隨後又短嘆一口氣，沉默地催他說下去。

姑且願意聽聽的樣子。

「就是——」

晴也省略細節，對Nayu說明事情經過。

他想改善有人把他想得太好的現況。

聽完，Nayu對晴也豎起食指。

「這很簡單啊。簡單來說，既然你覺得她把你想得太美好了……乾脆跟她去約會就好吧？」

「約、約會？」

晴也聽到Nayu這樣說，高喊出聲。

「因為人相處久了，自然就會看清對方的本性。想得太美好的事，自然也會被時間解決掉……」

不用去做那些有的沒的。Nayu如此斷言。

「原來如此……」

「而男女要一起相處，就是約會。」

這時，明明不需要澄清，但她發現什麼似的馬上搖搖頭。

「啊，我提醒一下。這不是約會，是網聚喔。」

「哎喲，我知道啦。」

晴也秒答後，Nayu不知為何不悅地挑起眉毛。

晴也對她的反應感到不解，而Nayu清咳兩聲，蒙混過去，說：

「……算、算了。總之我能給你的建議，就是跟她去約會吧。」

「……約、約會啊。原來如此……」

老實說，晴也對此頗為抗拒，但還是納入參考。

「謝謝妳，Nayu，幫了大忙。」

「嗯，不客氣……」

這話題差不多在此結束，之後兩人繼續大聊少女漫畫，直到散會。

＊＊＊

隔天午休。

沙羅和晴也很快就來到頂樓，像昨天那樣坐在一起吃午餐。

為了招來沙羅反感，晴也原本打算這次刻意不吃她的便當，可是……

「啊，謝謝你今天也來赴約。」

——十分有禮貌。

「我對烹飪很沒自信，不過你昨天吃得很高興，我很開心，所以今天也能請你嘗嘗這個便當嗎？」

——姿態還放得這麼低。

晴也實在無法拒絕沙羅的請求說「沒辦法」。

（我這個沒用的傢伙……啊，不過很好吃。）

他莫名不甘，在心裡淚流滿面地大啖沙羅做的便當。

食物無罪，因此晴也無法撒謊說「不好吃」……

「……怎、怎麼樣？」

沙羅忐忑地問道……

「好吃，超好吃的。」

晴也只能誠實說出感想。

心裡卻在大罵：「我這個混帳！」詛咒沒用的自己。他對自己氣到緊握起拳頭，掌心都留下指甲印了。

看到這樣的晴也，沙羅誤以為他是對自己的手作料理感動萬分，滿足地微笑。

（淺井同學是覺得我會很高興，才會這麼做的吧……）

在這樣的誤會裡，晴也心裡一急，提出約會請求。

這是他的少女漫畫同好Nayu昨天獻的計。來場約會，加長彼此相處的時間，能確實改善他被過度誇大的好感。

由於便當作戰宣告失敗，晴也看準時機對沙羅開口：

「——那、那個……我想多了解妳一點，所以那個，這個週末可以請妳跟我約會嗎？」

不禁用緊張的聲音向沙羅提議。

沙羅沒想到他會有這種提議，瞠目結舌。

「咦……」

眼睛瞪得又圓又大，臉頰因猜想他的用意而發紅。

心臟怦通亂跳，沙羅感覺到自己全身都在發熱。

「那個，你不嫌棄的話……請、請多關照。」

「好，多多指教。」

晴也的腦袋裡瞬間閃過可能被拒絕的不安，但因為對方爽快答應而鬆了口氣。

（約她去約會就緊張成這樣要怎麼辦啊？）

回想起話都說不順，無法瀟灑邀約的自己，晴也就全身發燙。

——無論如何，晴也和沙羅的約會就這樣定案了。

＊＊＊

到了約會當天。

今天天氣晴朗，萬里無雲……可說是適合約會的大好天氣。

晴也一甩在學校的陰沉形象，穿得光鮮亮麗，趕往約好的地點以免遲到，但偏偏就在這時候。

「媽媽——妳在哪裡——」

在前往約定地點的途中穿越公園時，有小女孩的求助聲傳進耳裡。

（——周遭的人們肯定會出手幫她。）

這種等別人去處理的想法不太好。

實際上，會那樣想大概是很普遍的事，有幾個人裝作沒看見，或是遠遠地看著。

晴也毫不猶豫地來到小女孩的身邊。

然後蹲下來，先配合對方的視線。

「——哥、哥哥，你是誰？」

女孩看起來大約四、五歲。

首先，她沒有大聲哭鬧讓晴也放心地鬆了一口氣。

「我叫赤崎晴也，呃，叫我晴也就好……妳叫什麼名字？」

「我叫實優。」

「這樣啊，妳叫實優啊。」

「嗯，我是實優，哥哥是晴也～」

雖然走丟了，幸好她是個活潑的孩子。不過晴也不曉得該怎麼帶小孩。

總之，她很有活力。晴也放下心來，想詢問她父母的事時——警察正好來了。

「啊，那接下來就交給您了……拜託了。」

趕時間的晴也這麼說，但是——

「不好意思，我們想問你幾個問題。」

警官語氣爽朗地請晴也同行。

（我就知道會這樣……）

晴也確定這樣肯定會遲到。

（……雖然這對降低姬川同學的好感度很有效，不過這是做人的問題。）

原則上不能遲到。

即使要降低沙羅對自己的好感，晴也還是對自己設下了規定，將能做與不能做的事劃分開來。遲到當然算在不能做的事裡。

「晴也～晴也～」

若要說不幸中的大幸……那就是這孩子沒有哭，光是叫別人的名字就叫得很開心。女孩沒讓大人費多少心力，在派出所也很乖，真的是幫了晴也的大忙。

——結果。

「對不起，赤崎先生，給您添麻煩了。」

晴也一直待到實優的父母過來才走。

雖然他有告訴沙羅會遲到，但到了見面地點，沙羅當然已經到了。

她穿著以黑色為主的上衣和紅黑色的格紋短裙。

與她白皙的皮膚形成對比，有種魅力，目光會自然被吸引過去。

俏麗的項鍊在頸項上閃閃發亮，烘托著沙羅的亮麗外貌。

再加上可說是自然妝容的淡妝，她的容貌更為性感嫵媚。

即使離得很遠，晴也環顧周圍後，也能立刻找到那亮麗的身影。

「……對不起，我遲到了。」

「……是不是發生了什麼事？」

沙羅沒有責怪晴也，也沒有表示不滿，第一句話就先關心晴也。

「沒有……抱歉，就是遲到了。」

不為了什麼，但晴也選擇隱瞞走失小女孩的事。

單純是解釋起來麻煩，而且這個藉口太過完美，要是被懷疑說謊也令人介懷。

「這、這樣啊……」

沙羅懷疑地皺起眉，但也只是一下子，她隨即轉換心情，開朗地說：

「……淺井同學，你今天穿得很好看。」

「謝謝。」

如此回答後，沙羅用有話想說的眼神注視著他。

晴也不解地歪頭，但她圓潤的大眼睛依舊直盯著他，不願移開目光。

一會後，沙羅含蓄地抬眼望來。

不知道是不是錯覺，臉頰也稍微鼓鼓的。

「那個……我今天的打扮很奇怪嗎？」

那眼神說著：「你都不誇我，我會很難過。」

晴也不禁下意識地老實回答：「咦？很漂亮啊！」

「……謝謝！」

確定沙羅不安的表情恢復神采後，晴也在心裡責罵自己。

（喂，這時候應該說不好看吧，為什麼老實地把感想說出來啊！我真是……）

今天約會的目的不是玩樂。

是要讓沙羅看清她對自己美化過頭、堪稱捏造的評價，抹消她對自己的關注。

晴也甩甩頭，努力告誡自己專心一點。

「……今天有做好計畫了嗎？」

沙羅站到晴也身邊，眼中滿懷期待地問。

「嗯，定好了，包在我身上。」

「好！那就麻煩你了……」

晴也爽朗地笑起，沙羅就點點頭，柔柔一笑。

（……拿到約會的主導權以後，事情就簡單了。對不起，姬川同學……今天妳對我的評價肯定會降低。）

晴也暗自奸笑，和沙羅肩並肩前往目的地。

「——姬川同學，妳還沒吃飯吧？」

現在時間剛過下午一點。

正適合吃午餐。

「對，還沒。」

「好，那我們先去吃午餐吧。」

「太好了，正好我也餓了。」

——就這樣，兩人立刻去吃午餐。

也許因為是假日，前往目的地的路上人潮洶湧。

有時髦咖啡廳的街道上，情侶特別多。

「……好、好多情侶喔。」

沙羅忽然小聲低語。

「嗯，因為是週末吧？」

「說得也是……那我們在別人眼裡，會不會也像情侶啊？」

「天曉得。」

老實說，晴也認為應該不像。

因為兩人之間有段明確的距離。

牽手、摟肩這種情侶會做的事，他們一件也沒做。

只是保持距離……走在彼此身旁而已。

走在他們前面的情侶看似學生，兩人之間隔著肩膀會不時相碰的距離，還牽著手。

（若是情侶，距離應該會那麼貼近吧。）

沙羅跟著面露苦笑的晴也視線看去，怯怯地問：

「……需、需要靠得那麼近嗎？」

沙羅因為疑惑與羞赧而雙頰泛紅。

「是啊，我覺得那樣才像情侶。」

聽到晴也隨口這麼說，沙羅往他靠近了一步。

柑橘類的芳香刺激著晴也的鼻腔。

距離近到說不定走著走著就會碰到手。

晴也不禁看向身旁的沙羅——她有點羞澀地說：

「靠那麼近我會太害羞，所以……這、這樣就好。」

沙羅的手指相碰，含蓄地笑著。

（咦，怎麼會有這麼可愛的生物？）

泛紅的臉頰，加上可愛的動作。

她的模樣十分可愛，讓他不禁低喃說出：「好可愛……」

晴也立刻在心裡用力說服自己：「不對，我不該這樣想吧！」

今天約會的目的，是降低沙羅的好感度。

誇她可愛會造成反效果，得盡力讓自己別覺得她可愛。

晴也佯裝平靜、掩飾慌亂，對沙羅問道：

「……不、不過，我們需要靠得像情侶一樣近嗎？」

「……我看過周圍的人，發現與異性走在一起的都不像我們離得那麼遠……所以那個，我想融入周遭。」

沙羅以說著「不行嗎？」的哀淒眼神看向晴也。

晴也察覺到自己的臉自然而然熱了起來，想說「不行」，卻一直說不出口。

（現在說不行，就像在掩飾害羞……）

感覺反而會有反效果，於是晴也只能點頭。

「……謝謝你！」

看著露齒而笑的她，晴也心中懊惱不已。

有種被她牽著鼻子走的感覺。

（可惡，臭美少女，下次我絕對不會讓妳稱心如意。）

晴也在心裡這麼說，不自覺地加快腳步，走往目的地。

＊＊＊

「這裡是——」

「幸屋啊，在這裡吃午餐吧。」

羞澀地走了大約十五分鐘。

兩人來到大型牛丼連鎖店，幸屋。

幸屋主打平價牛丼，菜色豐富，客層主要是上班族和學生，共通點是男性居多。

第一次約會來吃幸屋會讓人覺得很沒品味吧，價格又便宜。

約會時會選在幸屋吃午餐的人應該極少才對。因此，為了降低沙羅的好感，晴也才選擇了幸屋。

沙羅應該對我很失望吧。晴也這麼想時——

「……進、進去吧！」

不知道是不是錯覺，她的表情緊繃，卻有種情緒莫名激動的感覺。

「好、好啊。」

晴也不由自主地感到驚訝，和她一起走進店裡。

入店後，兩人在店員帶位下坐到桌位，沙羅開始像看到奇珍異寶似的到處張望。

感覺心神不寧，躍躍不安。

晴也對此感到奇妙而盯著她看，但沙羅注意到他的視線，忸怩地動著身體說：

「……抱歉，我是第一次來這家店。」

「……咦，啊啊，是這樣嗎？」

「對，所以我現在有點緊張……不好意思。」

「但是很少人沒來過幸屋耶。」

「呃，大概吧。我家管很嚴……因為家境不錯，很少來這種店……」

「奇怪，但上次——」

他想說「妳去過家庭餐廳吧？」時，沙羅搶先回答。

「我跟家人偶爾會在家庭餐廳吃飯，所以才知道。其他的這種餐廳就沒什麼機會來。」

沙羅自嘲似的低下頭，又滿面笑容地抬起頭——

「我一直都很想來牛丼餐廳，可是女生很難一個人來……但幸好你提議吃這個，我

才能一償心願，謝謝你。」

「唔……」

面對沙羅純真的笑靨，晴也不禁冷汗直流。

（……不不不！有沒有搞錯……為什麼這麼剛好！）

得知好感不降反升的事實，讓晴也在心裡抱頭苦惱。

一開始晴也還想說服自己說那是她的客套話，可是見到她滿足的表情，不得不承認她是發自內心感謝自己的。

（不說出口也能了解我的想法，淺井同學該不會真的是我的真命天子吧……）

相對於心頭小鹿亂撞的沙羅，晴也只能把希望寄託在「口味令沙羅失望」上了……

「淺井同學，這個好好吃喔！」

這想必跟高貴的千金小姐第一次吃泡麵，十分感動的情境很類似。

沙羅雙眼發亮地看著牛丼，嘗了一口後便吃得津津有味，就像真心覺得好吃一樣，滿臉笑容。

「嗯，非常好吃。」

「呵呵，你怎麼說話好像機器人一樣。」

沙羅笑得很開心，晴也卻覺得這一點也不好笑。

因為要是她對自己的評價變得更好，S級美女們的話題會擴散出去，他在學校會更不自在。

（看樣子……只能再接再厲了！我要加油！不要認輸！）

現在的晴也只能這樣用力催眠自己。

＊＊＊

離開大型牛丼連鎖店「幸屋」後，晴也提出的去處是……

「就在這棟的二樓，有很多運動器材和電動可以玩，好像也能唱歌。」

「是嗎？有好多事能做，很好玩的樣子。」

畢竟那是個大型室內遊樂場。

晴也會提議來這裡，是為了用各種運動和遊戲贏過沙羅，讓她輸得體無完膚，降低自己的評價。

（基本上，這種地方都會是男方放水，取悅約會對象……不過我不會手下留情。）

他在心裡盤算邪惡計畫時，身旁的沙羅突然問：

「淺井同學……你是第一次來這裡嗎？」

「是啊，要在二樓辦一下手續才對。」
「那我們去辦手續吧。」
於是兩人前往二樓，立刻開始辦手續。
在售票機點選學生票後，下一個畫面讓晴也瞪大了眼。
「……是這樣嗎？」
「怎麼了嗎？」
「學生票可以再加算情侶優惠的樣子。」
探向螢幕的沙羅聽晴也這麼說，臉頰泛紅。
「……好像有很多優惠可以選，也包含情、情侶的樣子。」
「要怎麼做？」晴也詢問沙羅。「折扣當然是愈多愈好。」沙羅點了頭。
晴也看看周圍，確定人不多之後點選了學生情侶票。
壓低票價，對晴也的荷包也有幫助。
進場將票交給收票員時，晴也向沙羅問道：
「要先從哪裡開始呢……妳有想玩哪個嗎？」
「這個嘛……啊，我想玩玩看那個。」
看了導覽版一會，沙羅指著位在全館中央的溜冰場。

「……我從來沒溜過，所以想試試看。可以嗎？」

「我也是小學畢業以後就沒溜過冰了。那去溜溜看吧。」

對於不熟悉的事，兩人略有不安，但馬上一一穿上護具與溜冰鞋。

來到這種地方，通常都會想玩熟悉或擅長的運動項目，但沙羅意外地很愛冒險。

做好準備後，兩人直接進入溜冰場。

「那就開始吧。」

「好、好的——」

晴也剛打算先繞著溜冰場溜一圈時，注意到了異狀。

沙羅的腳抖得很厲害，一直無法順利滑行。

仔細一看，她整個人都靠在牆上。

「……還好嗎，姬川同學？」

「不好意思，這比想像中還恐怖。」

「第一次溜的話很正常啦。」

「你從小學以後就沒溜過了……但還是很厲害呢。」

沙羅似乎對晴也溜得十分順暢感到很意外，瞪大雙眼。

「我也嚇了一跳，可能是身體出乎意料地還記得那種感覺吧。」

「……能請你教我一點訣竅嗎？」
「大概就是不要太害怕吧。感覺妳是太怕摔倒，無法滑行出去。」
場上能看到幾個小朋友溜得比大人還要悠然自在。
小孩不害怕跌倒受傷，可是成熟的大人時常會想到受傷的風險。
這是理所當然，但在溜冰上，溜得快比慢慢溜還要安全。
「——所以，我覺得妳大膽去溜會比較好，我先溜給妳看吧？」
晴也想示範給她看，結果沙羅輕搖搖頭說：
「不、不可以。」
「…………」
大概是害怕落單，可是這樣晴也也無法行動。
在他苦惱該怎麼辦時，沙羅想到好辦法似的抓住晴也的衣襬。
「那個！我想先習慣滑行，可以請你帶著我嗎？」
也就是她一個人會害怕到不敢溜，想先抓著晴也溜，熟悉一下。
這是沙羅打的小算盤。
「不，我也沒有溜得很順，而且就算有穿護具，這樣還是很危險吧？」
「沿著牆壁溜也可以……拜託你。」

事。

沙羅含蓄地極力央求。

老實說，晴也不太懂沙羅為什麼這麼怕還想溜冰。

當然可能是好奇心的驅使，想溜溜看，但這似乎不太足以驅使一個人去挑戰害怕的事。

好奇的晴也決定問問沙羅。

「……我是沒關係，可是妳為什麼不惜這麼做都溜？」

「因、因為我看小朋友溜得很開心，想說會了以後，也許就會很有趣……」

「……這樣啊。」

看看周圍，有不少開心溜冰的孩子。

接著沙羅皺起眉頭，噘起小嘴補充道：

「況且，小孩子都做得到，我怎麼能甘願自己半途而廢……！」

沙羅瞬間鼓起雙頰，像是不服輸的樣子。

然後隨即變回平時像是面具的表情。

「……噗。」

見到沙羅意外的一面，晴也忍不住笑出來。

「有、有什麼好笑的……」

「抱歉抱歉。」
比想像中更孩子氣的沙羅依舊鼓著臉頰，但不久後稍微垂下目光，抓住晴也的衣襬。
「……那麼，麻煩你了。」
「那我就沿著牆壁慢慢溜喔。」
「……好、好的。」
看向有點緊張的沙羅，晴也也害羞起來。
沙羅的溜冰練習就這麼開始了。
（要是完全不會滑，就根本無法比較……這是逼不得已，沒辦法……）

——不斷滑行。

溜冰場裡有個亞麻色長髮飄逸，溜得如魚得水的美少女。
也因為溜冰場位於室內，容易引來目光。
大多數的客人都被她的美貌與優美的身姿奪去目光。
「我會溜了！真的會了！好好玩喔，淺井同學！」
「妳學得還真快……」

開始練習不到二十分鐘。

沙羅克服對溜冰的恐懼，完全沒有晴也的輔助也能溜冰了。

（……不是，她的成長速度會不會太快了？不過這樣我也得救了……）

晴也看著穩穩溜著冰的沙羅，忽然回想起帶著她溜冰時的事。

回想起直到剛剛都抓著他衣襬的沙羅。

即使她現在溜得很華麗，但不久前還害怕到不只抓住衣襬，連手都緊緊抱住。

豐滿的胸部會時不時碰到手臂，讓晴也不知道該如何是好。

柔軟，緊貼。

沙羅偶爾會緊貼上來，背後會感受到一股柔軟，心臟狂跳，冷靜不下來。

這樣的時間結束後，晴也心裡鬆了一口氣。

（……畢竟那種感覺太危險了。）

因此，幸好沙羅這麼快就抓到訣竅了。

想著想著，沙羅返回佇在牆邊的晴也身邊。

「淺井同學也一起溜吧！」

沙羅非常開心地說。

如果她有尾巴，一定搖個不停。

「好，那要來比賽嗎？」
「比、比賽？」
沙羅忽然睜大了眼。
「先繞完兩圈的人贏。」
沙羅聽了，露出接受挑戰的笑容回答：「沒問題！」
（……終於來這一刻了，她該還我公道了。）
晴也在心裡賊笑起來。
（我會毫不留情地獲勝……！）

＊＊＊

比了好幾場，繞了好幾圈以後，兩人似乎溜夠了，脫下裝備。
然後去玩棒球打擊、羽毛球、桌球、高爾夫等等，拿各種運動項目比賽，玩遍了這座大型室內遊樂場。
晴也每次都跟沙羅比賽，可是結果以他全敗收場。
儘管他全無放水，每次都卯足全力，卻完全不是她的對手。

（……沒有比這更丟人的了吧。）

晴也為這誇張的結果沮喪不已。

不過他的目的是讓沙羅知道自己不是那麼好的男人，也算是得償所望，可是……

（可是太遜了……要是被評斷為廢物就太慘了。）

悔恨與自慚同時在心中盤旋。

「話說姬川同學，妳的運動細胞真好……」

找地方休息時，晴也對沙羅表示佩服。

沙羅聽了之後垂下眼尾，微微勾起嘴角說：

「畢竟我是姬川家的女兒嘛。」

或許是下意識的反應，沙羅露出這點小事是理所當然的得意表情。

然而，晴也對沙羅的話有點在意。

「……這跟家世沒關係吧？」

聽表情茫然的晴也這麼說，沙羅頓時停下腳步。

「…………咦？」

「我覺得妳擅長運動應該跟家世沒關係啊。」

晴也對愣住的沙羅續道，她緊抿著嘴沉默片刻，說道：

「我、我家很守舊，有嚴格的傳統……所以，那個，念書和運動都拿到好成績是理所當然。」

「那的確不能說是完全沒關係吧。抱歉，我修正。」

雖然不知道姬川家實際上是怎樣的世家，但是從沙羅的待人接物可以略知一二。

或許有點刻板印象，不過聽到守舊又嚴格的家庭，就能窺見她在教育過程中，會遭人嚴厲地指責「別丟我們〇〇家的臉」這種話。

但就算如此……

「如果是我，應該會馬上逃跑或是反抗，所以這種事不是一句『家風如此』就能輕易做到的。」

就算有良好環境，周遭給予再多鼓勵，到頭來付出心力都是自己。

當然，環境無疑是很重要的原因，但她不想逃避周遭的期許也有影響吧。

晴也深深覺得，能克服這般壓力的她很了不起，應該獲得認同。

（……而且該怎麼說，因為是姬川家的女兒就徹底打敗了我，也令人無法接受啊。）

也就是說……

「我看啊，不是因為妳是姬川家的女兒才厲害，就因為是妳才厲害……至少我是這

麼想的。」

晴也堅決地斷言。

沙羅的眼睛為此睜大，好一會才驀然回神，改變話題。

好像在掩飾害羞一樣……

「謝謝你……」

並以幾乎聽不見的音量垂著眼說。

「……啊，要不要玩玩看那個？」

見到沙羅明顯地轉移話題，晴也切實地感覺到自己說的話有多丟臉，並往她所指的方向看去。

然後不禁瞇起眼。

「……真的嗎？那個滿恐怖的喔。」

沙羅指的是十分驚悚的射擊遊戲。

晴也沒玩過，不過從機臺外觀就能一眼看出頗為恐怖。

「你不敢玩恐怖的嗎？」

「我是可以啦，那妳沒關係嗎？感覺大部分女生都會怕這種的。」

「我沒玩過那種遊戲，很想玩玩看。」

沙羅揪著自己的領口說。

那動作清楚透露出她的緊張。

沙羅表情緊繃，屏著氣息。

在溜冰時也有這種感覺，她意外地是個特別愛冒險的女孩。

「真的可以嗎？」

「可以……」

反覆確認後，晴也和沙羅一起進入廂型機臺。

坐在座位上，操作螢幕一陣子後，沙羅拿起擺在面前的槍。

深感興趣地仔細查看了一會後，自己點點頭。

「……原來如此，要用這個射殭屍吧。」

聲音隱約有點發抖，不過她眼中充滿了好奇。

「喔，這個遊戲好像會測心率耶。」

「也就是會讓彼此知道對方有多害怕吧。」

沙羅眼神忐忑地望來。

若是會出現心率，再怎麼強裝鎮定都會被揭穿，看來似乎是個要把膽小鬼揪出來的遊戲。

「這也要比賽嗎？」
儘管如此，沙羅仍大膽地提議。
「那當然。心跳最快的人輸。」
「好！」
「目前我都輸給妳，這次我一定要贏！」
「放馬過來。」
就這樣，兩人開始玩起槍擊遊戲。
玩過這類遊戲後，晴也覺得重點是放在直接嚇人，而不是用恐怖畫面煽動恐懼。例如眼前突然出現殭屍時，機體會晃動一下。雖然不至於叫出來，身體還是會不禁一抖。
不過大批殭屍襲來時，會有殭屍臉部的特寫鏡頭，驚悚要素還是不少。
如果是晴也自己玩，肯定會想逃出去，但是……
「……咿！怎、怎麼會搖！」
「淺井同學，這隻殭屍……打不死！」
「啊～討厭，我不想看畫面……我閉眼睛了！」

沙羅動不動就會有這種反應，讓晴也覺得可愛極了，也很感謝恐怖遊戲。

玩完一輪後，兩人的心率顯示在畫面上。

晴也見到結果，小小地做出勝利姿勢，對沙羅說：

「姬川同學，看來是我贏了。」

（我贏了，終於贏了……靠恐怖遊戲。）

晴也在心裡偷笑，最後「唉～」地嘆氣。

似乎再度深刻感受到自己的窩囊。

「……奇、奇怪？姬川同學？」

「……我、我沒事……沒、事。」

嘴上雖然這麼說，臉色卻完全不是沒事。

不僅蒼白，嘴唇也在發抖。

走出機臺後，沙羅蹲下來抱住雙腿，蜷縮成一小團。

看她全身瑟瑟發顫，看來是怕死了。

晴也原本不想理她，因為這樣會提升好感，但良心的苛責仍使他忍不住出聲。

「那個，需要我……扶妳嗎？」

心裡雖然覺得「會怕就不要玩嘛」，不過她一定比別人更深切地體會到了這點。

手一伸出去，沙羅就用力抓住晴也的手。

不知是不是錯覺，感覺有點冰涼。

晴也回握住沙羅的手，想把她拉起來。

……然而——

「姫川同學，妳的手……？」

即使把人拉起來後放開了手，沙羅仍絲毫不打算放開晴也的手。

忍不住出聲後，她淚汪汪地看過來。

「對、對不起……可以讓我暫時握著你的手嗎？」

妳現在就握著我的手啊。

晴也苦笑著這麼想，但見到沙羅怕得眼眶都濕了，也不忍心拒絕她。

他為難地搔搔後腦杓低語：

「……唉，真拿妳沒辦法。」

要是在這時狠心撥開沙羅的手，能降低好感，但他不想做出這種事……不想做出明顯會惹人厭惡的舉動。

（唉，我是想要她不再在意我，又不至於到被討厭的程度吧。）

晴也嘆了一口氣，為自己的自私感到噁心時——

遇到了剛才那個小女孩。

「啊，是晴也～晴也～」

「喂，實優，不可以亂跑……！」

晴也和沙羅的視線前方——有對母女接近而來。

那對母女正是晴也今天早上前去搭話的迷路小女孩與其母親。

「那、那個小朋友……你認識啊？」

「不，妳不用在意，姬川同學。」

見到沙羅疑惑地歪起頭……焦躁在晴也心裡打轉。

晴也會擔心是有原因的。

就因為走失小女孩——實優的那聲「晴也」。這對母女知道他的本名。

現在晴也能做的，就是努力不讓沙羅知道他的本名——僅止如此。

而實優當然不知道不禁冷汗直流的晴也心裡怎麼想，大步靠近。

——就在這時，實優母親的手機正好響起，需要替她顧一下小孩。

「媽媽，晴也在牽手手耶。咦？怎麼在講電話？」

看到天真親暱的實優，晴也只能露出苦笑。

經實優一提，沙羅連忙收回手。

看來她不想被旁人說「兩人牽著手」。

「晴也～她是你的新娘嗎？」

「不是新娘啦……」

「咦～那是朋友嗎？」

其實，晴也擅自把沙羅當成「死對頭」看待。

但是這樣說，年幼的實優也聽不懂。

因此，晴也對實優點了頭。不過——

「啊，那個姊姊……臉好紅喔！」

沙羅被實優爆料了。

晴也不懂沙羅為何聽到「朋友」兩字會臉紅，而沙羅對晴也卻是……

（朋友……我跟淺井同學好像是朋友……！）

心裡頗為高興的樣子。

沉浸在這餘韻中一會後，沙羅似乎回過神來，詢問晴也：

「不過那個，淺井同學……『晴也』是什麼意思？」

「！……呼——」

晴也不禁慌得流下冷汗。

（不要發現，不要發現……）

為保持鎮定，晴也不斷告訴自己別緊張。

「這是，那個，我不是很陽光嗎？所以朋友叫我『晴爺』，她就跟著這樣叫了。」

「啊～原來是這樣啊。我還以為淺井悠這個名字其實是你亂說的呢……」

「……！」

這是事實，但晴也只能拚命掩飾。

不能被她知道本名，這樣會被發現真正的身分……

「哎喲，那怎麼可能。嗯……真的沒有那種事。」

他一個人在那裡「嗯」地不停點頭。

「——時間差不多了，姬川同學，我們走吧。」

還蒙混得過去。這麼想的晴也想趁早撤退——

這時實優的母親講完電話回來，多嘴說了一句話。

「不好意思～今天中午女兒走丟時，是你幫忙的……現在又陪她玩，真的很謝謝你，赤崎先生。」

「…………」

實優母親的發言讓晴也的腦袋一片空白。

沙羅見到他這樣，沒有特別多問，只是確認似的當場喃喃唸道：「赤崎？……赤崎？」

（……沒救了，這樣再怎麼樣也蒙混不過去了吧……）

小女孩實優說的話還有得拗，母親說的就不一樣了。

對方可是不折不扣的成年人。

被得知使用假名以後，必定會引來她的不信任。

因此情況演變成這樣，晴也能做的只有一件事，那就是別再露出馬腳。

僅此而已。

「姬川同學，時間不早了，我們走吧……」

看沙羅沒有反應，晴也抓起她的手就想走，但她還是不肯移動。

「晴也～不可以對姊姊那麼粗魯。」

這時，小女孩實優說出了非常中肯的話，晴也降低視線回答：「對不起喔。」可是實優的這句話對晴也來說就是引發悲劇的原因。

「喂，實優，要叫晴也哥哥吧？」

實優的母親機會教育，要她使用正確的稱呼。

「好～晴也哥哥。」

聽到有點像在使壞的「哥哥」兩字，晴也平時會覺得很可愛，但現在的他沒那種心情。

他在心裡不停絕望地抱頭慘叫。

（……這下該怎麼辦才好……這下沒救了。）

晴也現在回想到的，是自己剛才辯解的話。

『這是，那個，我不是很陽光嗎？所以朋友叫我「晴爺」，她就跟著這樣叫了。』

這隨口一說的藉口被一句「晴也哥哥」揭穿，確定這不是綽號。

但實優母親才應該是最大戰犯……晴也也無法責怪她，根本做不到。

糟了，慘了。腦子不停被這幾個字填滿時——

「啊，我們好像沒時間了，差不多要先走了。」

「晴也掰掰～不對，晴也哥哥掰掰～」

實優的母親似乎有急事，確認過時間就匆匆離去。

——留下晴也和沙羅兩人。

（今天也玩夠了，回家吧！）

晴也暗自對自己這麼說之後邁開腳步，衣襬卻被人抓住。

「請、請等一下……淺井同學。不對，赤崎同學。」

「…………」

本名曝光，使周圍一片尷尬。

同時，也是因為使用假名的事曝光了。

沙羅應該有很多事想問，可是她卻先提起遲到的事。

「呃……聽那位媽媽講的話，你今天遲到好像不是單純遲到……是因為那個叫實優的小妹妹走失了，你去幫她才遲到的，對嗎？」

「咦？喔，是沒錯。」

「你可以直接跟我說嘛……」

沙羅像是只問清楚這點就滿足了，笑著往前走。

「……咦？」

晴也不禁發出呆愣的聲音。

畢竟還有其他被追究也不足為奇的問題。

「雖然是意外的收穫，我不會因為你用假名就生氣，請別擔心。」

「……抱歉，我有我的苦衷。」

不想在班上引人注意。不想因為學校的事引起麻煩。

這樣的想法控制了晴也。

「好，我知道了，請你放心……」

說完，沙羅露出人情味濃厚的溫暖笑容，不過晴也依然完全無法放心。

畢竟這關係到以後的校園生活。

晴也唯一能做的……只有祈禱在學校不會和沙羅有交集而已。

（……唉，神啊，真的拜託祢了。）

他只能暗自求神。

＊＊＊

隔天早晨。

完全睡不好的晴也迎來早晨，帶著更甚於以往的睡意前往學校。

昨天約會完回家以後——

晴也一再請求沙羅：「拜託不要到處跟別人說『淺井悠』的真實身分！求求妳！」之後得到一句：「我知道啦（笑）」的訊息，但這問題沒有小到這樣就能消除擔憂。

到學校後，S級美女們比以往更為熱烈的閒聊內容傳進晴也耳裡。就他聽到的部分，沙羅沒有對晴也的真實身分提到隻字片語。

忽然間，晴也想起沙羅說的理想男性形象。

『我覺得不會把幫助有困難的人當成遲到理由的人很帥。比如說看到小女生跟媽媽走丟而過去幫她，結果因為這樣遲到了。但是沒有說出來，不當作遲到的理由。』

（不就是我嗎……而且那是不經捏造的事實，無法否定。）

『每件事都會全力以赴的人吧？有點孩子氣的人，我也覺得很帥。』

（就相信這也是在說我好了……我是真的玩什麼都說要比賽，而且都拚了老命，所以流了一點汗……）

確定她說的是自己並吐槽之後，晴也察覺到自己的臉因為害羞而有點發燙。

——就在這時。

教室門被拉開，同時傳來一聲高呼。

「你們幾個～坐好～」

導師常闇明香登場了。

這位二十五歲左右的女教師負責教國文，身高是以女性而言算高的一百六十五公分，一身套裝十分俐落。

還有十分鐘才要開晨間班會，可是明香站在講桌前，要求熱鬧聊天的學生們回到座位。

「今天最後一節課要跟其他班級開交流會，所以我先說明一下。」

今天提早開班會，肯定就是為了說明這個班際交流會吧。

（喂喂喂……怎麼沒聽說……）

（跟別班交流……感覺非常有趣。）

（能跟別班交流的機會不多，好期待喔……）

學生們都對明香投以充滿期待的眼神。

晴也則跟其他學生不同，一點興趣也沒有，茫茫然聽完導師說明。將班際交流會的重點統整起來後，只有以下三件事：

・要在時間內到體育館集合。

・會以輪替的方式與別班交流，總共四輪（※也可能遇到同班同學）。

・每次三分鐘，要好好把握機會交流。

大致上就是這些。

與別班交流的機會依舊使同學們議論紛紛，很感興趣，但晴也一點也不在乎。

因為他小看了自己，以為自己跟這種活動無關。

（比起這種活動，我更在意姬川同學會不會洩我的底……）

晴也忽然看向座位附近的沙羅，在心裡嘆氣。

＊＊＊

上午的課堂結束，進入午休。

晴也確認廁所沒人後迅速整理儀容，前往頂樓。

像這樣中午上頂樓，已經成了他的習慣。

打開門後，吸到新鮮空氣讓人心情舒爽不少，但現在的他心裡只有焦躁、絕望等負面情緒。

「啊，淺井同學……不對，赤崎同學。」

晴也拖著沉重的腳步走過頂樓，很快就見到沙羅的身影。

她轉頭露出燦爛的笑容，開心地揮揮揮手說：「這邊！這邊！」

「……！」

晴也倒抽一口氣，戰戰兢兢地走向她。

既然本名已經暴露，就算還不曉得有沒有被發現……那顯然是遲早的問題。

過去晴也都不會主動坐到沙羅身旁，反而故意坐得離沙羅遠一點，但現在降低沙羅的好感、冲淡其關注的做法已經不適用了，他就主動坐到沙羅的旁邊。

現在晴也想要的是——

為求安穩地度過校園生活，現在能做的只有盡可能避免流言擴散而已。

……也就是封住沙羅的嘴。

別無他法。為此，晴也鄭重地走向沙羅——

「……可以不要把我的事說出去嗎？拜託妳。」

他表情嚴肅地如此懇求，沙羅卻笑呵呵地點頭。

「昨天我也回傳過訊息了，我不會說出去啦。」

「……呃，可是……」

晴也心想「妳還是在班上說到我的事了啊，雖然隱瞞了名字……」，但是低頭忍住。

接著對她提出一個單純的疑問。

「可是，妳明明知道我用假名，怎麼都不問我理由？」

「因為你好像不希望我追問。」

而且——沙羅繼續解釋：

「我覺得不是由我去查出你的身分，像昨天那樣碰巧知道會比較好……」

沙羅是個心懷幻想的少女。

心裡對命運的邂逅或戀愛有所憧憬。

她當然不排斥主動去爭取什麼，但她認為即使不主動出擊，在因緣際會下知道他的身分有種命中註定的感覺。

所以沙羅決定不去調查晴也的身分，相信總有一天會知道……

儘管仍有疑惑，晴也姑且接受沙羅的說法。

畢竟沙羅目前沒在班上說出他的名字。

從明明是同學，卻不記得名字這一點來看，可見晴也的存在感有多稀薄。

如今，稀薄的存在感救了晴也一次。

「——那麼，赤崎同學，我們先別說這件事……來吃午餐吧。」

「姬川同學，妳真的變開朗了呢……」

可能是心情非常好，沙羅現在與晴也對她的第一印象大相逕庭。

第一次見面時，感覺她對自己缺乏自信，但現在似乎活潑不少，自然感覺充滿了自信。

也許就是因為如此，沙羅才會相信「命運」。

「我想這肯定也是因為遇到了你……」

在她滿是肯定的目光注視下，晴也不禁別開了臉。

（怎麼想都太誇張了……）

雖然這麼想，但對沙羅說這些擺明會遭到她否認，晴也就苦笑著敷衍過去。

一邊吃著沙羅做的便當一邊聊天時，話題很自然地移到「班際交流會」上。

「——赤崎同學，你們班有聽說要辦班際交流會嗎？」

若問「有」或「沒有」，那便是「有。」

（不過我跟妳同班喔。）

能這麼說就輕鬆多了，但晴也裝作不曉得這件事回答：

「是有啦。」

「這樣啊？聽說交流會是採輪替制，感覺好新鮮喔。」

（跟聯誼完全是同一套機制吧……不，我也不知道聯誼實際上是怎麼做的啦。）

晴也在心裡這麼想，並隨口回答「是啊」蒙混過去。

「實際輪替的時候，也可能遇到同班的人，要是這樣就不好了。」

「啊～嗯，我非常懂。」

「呵呵，你只對這點特別有共鳴呢。」

沙羅手掩著嘴，對猛點頭的晴也笑。

（……不，我主要是不想遇到妳啦。）

相較於這麼想的晴也，沙羅雖然心裡想著「沒有啊……」，仍抱有一絲期待。

（……如果能在交流會上遇到赤崎同學就好了。）

沙羅努力壓抑傻笑，舉止優雅。

晴也用帶點遺憾的眼神看著這樣的她。

（……因為我絕對不能讓姬川同學稱心如意啊。）

並如此暗自期許後，繼續大口吃著沙羅的便當。

——這時……

「……啊！」

晴也不小心沒夾好菜，在制服上留下小小的汙漬。

「還、還好嗎？請用面紙。」

「抱歉，我真丟臉。」

沙羅立刻從裙子口袋掏出面紙，交給晴也。

晴也接下面紙，在心裡對難掩慌張的自己嘆一口氣。

（……看來被得知真實姓名，對我的打擊相當大呢。）

這麼想的晴也毫不在意汙漬。

＊＊＊

下午的課程即將結束，「班際交流會」就要開始。

在全班吵鬧地前往體育館的路上，在晴也身旁的風宮湊到他耳邊，小聲地說：

「……你不要在意，因為我們班有三個Ｓ級美女。」

「……我又沒問你。」

「別班應該也有可愛的妹子，不過比不上Ｓ級美女吧。」

「可是老師說因為班級人數不同，可能會遇到同班的嗎？」

聽晴也這麼說，風宮一臉感興趣地「咦～」了一聲，嘴角微微上揚。

「畢竟你的目標是姬川同學啊……」

「喂，我說過不是吧。而且快到了，我勸你安靜一點。」

「也是，遇到正妹的話，之後要告訴我啊。」

晴也一路隨便應付著口吐不出象牙的風宮，跟同學們抵達體育館。

館中充滿期待與不安的喧噪，晴也的情緒卻自然而然地平靜下來。

不久後喧噪逐漸落定，不再有學生進出體育館時，學年主任開始講解班際交流會的內容流程。

（……好吧，既來之則安之，只要不遇到姬川同學就不會有事。）

＊＊＊

就結論來說……晴也的期望落空了。

要交流的學生人數共四人。

雖然不知道會怎麼輪替……總之，只要撐過四場危機就好了。

學生這麼多，要遇到沙羅的機率可以說是非常低。

因此，晴也認為自己不可能會遇到沙羅，但結果如下。

——第一人。

晴也遇到的是別班男生。

興趣是玩ＦＰＳ遊戲，名字好像是宮川……奇怪，他叫什麼？只記得他一直自顧自地講遊戲的事。

在平時，晴也或許會懊惱自己的記憶力怎麼這麼差，但現在沒那種心力。

——第二人。

這次是別班女生。他只記得氣氛尷尬到絕望，空氣根本一灘死水。

（對不起……居然遇到我。）

即使在心裡如此道歉，晴也還是為沒遇到沙羅而鬆了口氣。

——第三人。

這次也是別班女生，還說他頭髮太長了。

只記得她動不動就說「笑死」，晴也覺得她是隨便說說而已。

最後，第四人。

到了最後一關時——悲劇降臨在晴也身上。

沒錯，最後一輪坐到他對面的女生不是別人，就是姬川沙羅。

「請多指教……！我是姬川沙羅。」

「請、請多指教……我姓赤坂。」

晴也在心中咒罵上天，盡可能壓低聲音，不讓對方看到他的臉。

名字也加了一點偽裝，說成「赤坂」，而非「赤崎」。

然而，這依舊是難看的辯解……

「聲音有點小，聽不太清楚，是赤坂同學吧？」

看來她還沒注意到。

「對，請多指教。」

「請多指教。」

晴也其實不想要什麼指教，只想馬上逃出去，但不能這麼做。

只能冷汗直流地與沙羅接觸。

「你頭髮好長喔，是……喜歡長頭髮嗎？」

「是、是的……」

「喔～可是長頭髮整理起來很辛苦吧……」

「就是說啊。」

就在晴也想用閒聊混時間時——

「那個汗漬……」

沙羅瞪大眼，僵住了。

「啊～這是剛才在頂樓弄掉便當菜……啊！」

為了壓低聲音，晴也一時分神。

他對剛才隨意說溜嘴的自己感到厭惡，臉色愈來愈慘白。

另一方面，沙羅瞪圓雙眼，嘴唇不停顫抖。

「……等、等一下。咦？你是我們班的嗎？」

「…………」

「…………」

然後兩人相對無語。

晴也已經開始恍神，嘴裡唸著：「都完了……」意志消沉。

沙羅也不遑多讓，只能低著紅通通的臉。

……但是，晴也無視激烈的心跳說話。

「不，妳認錯人了……一定是別人。」

結果，沙羅嘟著嘴往前傾身靠過來。

「你這樣太勉強了……」

果然沒辦法蒙混過去。

——這天直到交流會結束，兩人之間……一直都這麼尷尬。

＊＊＊

（沒想到是同班同學……羞死人了。）

後來。

交流會就這麼結束，沙羅羞得一溜煙逃跑，回家以後頂著紅通通的臉……撲上床。

（到現在都沒注意過的男生，竟然就是那個赤崎同學……）

沙羅到現在都不敢相信似的睜大眼。

……但是，沙羅會這麼害羞苦惱，是因為自己在班上說了那麼多晴也的事……擔心可能都被他聽見了。

（那樣就像告白一樣吧……嗚嗚，羞死人了。）

她將臉埋進枕頭，雙腳在床上亂蹬，心裡爆發不成聲的羞恥吶喊。

無處宣洩的羞恥一波接一波地襲擊沙羅。

但這卻不令人反感，還有點幸福洋溢，愈想愈高興的感覺。這是因為沙羅更加感受到「命運」的預感吧。

實際上，將至今的發展整理起來，沙羅會相信「命運」可說是不足為奇。

他幫她擺脫搭訕，外表也是她喜歡的類型。

日後又不期而遇，發現他就讀同一所高中。接著好感因為約會而上升，再發現他根本就在自己班上——

老實說，一切都太剛好了。

因此，沙羅感受到「命運」的存在，不知不覺間為晴也傾心。

「唉……」

沙羅吐出炙熱的氣息，說出晴也的名字。

「……赤、赤崎同學……」

她發現光是呼喚他的名字，就讓自己羞得滿臉通紅，卻幸福洋溢。

根本不用懷疑。

知道他是同班同學以後，沙羅明確地認知到自己對晴也的愛意。

一想像自己有機會與晴也成為愛侶……心臟就激盪不已。

渾身充斥著無法言喻的激奮。

如果和他談戀愛，就會牽手、親密接觸，甚至接吻……

妄想無限膨脹，使沙羅不禁露出入迷出神的表情。

——但是，沙羅自覺到對晴也的愛意後，一道宣告終結了她的幸福。

手機「嗡——」地震動起來。

看過畫面上顯示的文字後，沙羅羞澀但愉快的心情瞬時凍結。

那封訊息是來自沙羅的父親。

只有淡淡的一句話。

『相親對象選好了。時間到了再通知妳。』

沙羅都忘了這件事。

……不，是我故意不去想。

不願在這段愉快的時光裡，想起自己只是「姬川家的女兒」。

……更糟的是……

（我也真傻……這不是一開始就知道的事嗎？）

沙羅覺得自己好差勁，因此一陣反胃。

因為她明知自己只能相親結婚，還嚮往命運的邂逅……相親結婚才能為姬川家帶來最大利益啊……

沙羅獨自在床上，自嘲似的笑了。

第三章 沙羅所願

隔天，一早天空就灰濛濛的。

晴也照常到校，想隔絕雨聲似的，一如往常地趴在座位上裝睡。

然後豎起耳朵……集中注意力，想聽到S級美女們的對話。

因為沙羅接下來會怎麼做，讓他在意得不得了。

昨天被沙羅發現了真實身分，不曉得她今天會如何行動。

晴也也不想去想……但就是會在意。

即使沙羅說過很多次不會說出去，晴也還是無法信任她。

晴也因此坐立不安，心急如焚地關切S級美女們的動向。

「——沙羅羅，妳怎麼了？好像很沒精神耶。」

「真的……臉色很差，昨天怎麼了嗎？」

「凜同學、結奈同學，請別替我操心……我沒事。」

見她語氣和臉色都不是沒事的樣子，凜和結奈都露出不知如何是好的表情。

兩人都想為她做點什麼，但沙羅明顯散發出拒絕幫助的氛圍。

不過那也是她無意之間散發出來的氣息，只有一小部分的人感覺得到……

——每個人都會有一兩件不願他人觸及的事。

美貌出眾，經常得到特別待遇的S級美女們，更是懂得看氣氛做事。

所以她們交朋友時，會保持一段距離……畫出雙方都不能跨越的明確界線。

凜平時對戀愛八卦從不顧忌。

但見到最近在這方面聊得很開心的沙羅如此消沉後，似乎發覺到不能再提這個話題，道個歉就換了一個無傷大雅的話題。

「話、話說！前幾天車站前有一家店推出的新產品很好吃喔！」

「啊，那間店啊……很好吃對吧？」

凜和結奈一邊聊著，一邊戰戰兢兢地觀察沙羅的反應，但她感覺心不在焉，好一會才總算注意到兩人的視線，勾出假笑。

「……我們是朋友喔。」

凜忽然開口。

「有煩惱的話要告訴我們，我們會幫妳的。」

「對啊……我們會幫妳的。」

結奈也輕點點頭贊同。

這時，沙羅的目光忽而閃動，緊抿著嘴低下頭。

「謝謝妳們，可是很抱歉……這不是別人能解決的問題。」

沙羅客氣卻堅定地這麼說。

都說到這個地步了，她們應該也明白自己無能為力了。

為了緩和氣氛，凜和結奈又開始努力找其他話題。

（姬川同學不要緊嗎……）

（臉色真的很糟耶……）

（最近明明都笑呵呵的，怎麼突然……）

班上同學也為沙羅的變化表示擔心。

至於在一旁聽著S級美女們對話的晴也——

（……嗯？現在是什麼情況？）

心裡十分疑惑。

不僅是因為沙羅無精打采，更重要的是沙羅對戀愛話題隻字未提，讓晴也非常困惑。

到昨天為止，她還那麼開心地……甚至像當成玩具一樣聊著晴也的事，所以才引起晴也的注意。

（……該不會知道我的真面目是這種長髮蓋臉的不起眼路人以後，失望了吧？）

他逕自如此善意解讀。

只是這樣會讓他有點傷心就是了。

（……唯一能確定的，就是她現在的情緒肯定很不穩定。）

昨天還笑得那麼開心，那麼迷人。

今天卻心神不寧，像變了一個人，肯定發生了什麼事。

晴也看著精神不好的沙羅，心裡焦躁不已。

（就算隨時把我的事說出去都不奇怪吧……真的。）

晴也是會想太多的人，這對他來說是個非得慎重處理不可的死活問題。

即使沙羅說過不會洩漏出去，也只是情緒穩定時說的話。

晴也本來就放不下心了。

現在沙羅的情緒……精神還變得這麼萎靡，就更令他擔心了。

（……愈想愈害怕，還是跟她談一談吧。）

晴也決定尋求某人的建議。

＊＊＊

這天傍晚，剛過下午六點時。

天空些微泛藍，走到街上，感覺家家戶戶從窗口透出的亮光與路燈逐漸醒目起來。

經過打扮的私下版晴也，來到他熟悉的咖啡廳。

休息時間，在這裡打工的小日向取得店長同意後，仍然穿著像是女僕裝的制服，和常客晴也聊了起來。

「——小哥，你怎麼啦？有事想找我談嗎？」

「嗯，對啊，有件事我想問問妳的意見。」

「想問我……真的？什麼事？戀愛的話題嗎？」

小日向有點興奮地這麼問，被晴也搖頭打回票。

接著，晴也眼神嚴肅看著她說：

「……小日向小姐，那個……人和人之間的信賴非常重要吧？」

「是啊……」

小日向是個最愛自己的人，不太信任別人。

因此在交友上相當消極，但晴也曾聽她說過，她有幾個能推心置腹的好友。不太相信他人的小日向能有那樣的朋友，據說是因為她們之間建立了牢不可破的信賴。

所以晴也想請與朋友建立起堅定信任的她給點意見，取得沙羅絕對不會洩漏他身分的確切證據。

經過略過細節的一番說明後，晴也問起建立堅定信任關係的方法，她的聲音瞬間變得冷冷冷，回答：

「這種事很簡單啊……要賣一個大人情給對方。」

冰冷得超乎想像的語調，使晴也不由自主地背脊一顫。

「大人情？」

「沒錯。聽你那樣說，我想對方應該是個很守規矩的人吧？」

「應該……是吧，我覺得很守規矩。」

「既然這樣，只要讓對方欠你人情，自然就會建立起信賴關係了。」

「賣人情啊……」

「對，最快的方法就是在對方有困難時伸出援手……不過難就難在這沒那麼好分辨。」

小日向苦笑著說，晴也卻「啊！」一聲，不禁瞪大雙眼。

見狀，小日向訝異地問晴也：

「咦，對方該不會就是現在……有困難吧？」

「嗯，碰巧到令人驚訝……」

彼此對視著點頭後，小日向說：「那麼……」伸出食指，往晴也一指。

「我想關鍵就在於解決她的問題。」

「原來如此。」晴也聽完她的話，點點頭。

「不過你說她個性很守規矩，現在又有困難是嗎？」

小日向似乎也想到了什麼問道。

「……妳想到了什麼嗎？」

聽到晴也回問，她明確地點了個頭。

「對，其實我為數不多的朋友裡也有一個這樣的人……」

小日向強忍著慚愧似的看向晴也。

「我曾想幫助她……但好像沒有我能幫忙的餘地。」

「有這樣的事啊。」

晴也不知道該對表情灰心，像在笑自己沒用的她說些什麼，只能點點頭。但她像是

顧慮到晴也，搖搖頭說：

「不過呢，我朋友的問題肯定真的是我幫不上忙的事……如果是『那個人』，應該就能當她的白馬王子。」

見到小日向柔和地笑起，晴也不禁歪過頭。

（那個人？雖然不曉得是什麼狀況，但小日向她……滿眼期待呢。）

即使聽得迷糊，晴也仍先點頭應和。

「希望那個人能幫幫她。」

「對啊，真的希望那個人能幫她。」

（雖然不太清楚，但那個人要加油啊……！）

晴也事不關己似的在心裡聲援起那個人，這時他還不曉得——

那個人不是別人，就是他自己。

＊＊＊

窗外已夜幕低垂。

沙羅從窗簾縫隙望著窗外漆黑一片的夜空，仍在自責。

（……我到底在做什麼啊？）

今天在學校，凜和結奈都看出了她不對勁。

兩人都在為她擔憂，她卻拒人於千里之外，連她自己都感到厭惡。

（而且因為今天下雨，我沒去頂樓吃飯，但如果見到他的話……）

說不定也會給他添麻煩。

思及至此，沙羅的心緊緊揪起。

（我是姬川家的女兒……這是沒辦法的事。）

沙羅一臉灰心地輕聲嘆息。

（我並不是沒有自信……）

在沙羅看來，目前晴也都大啖她做的便當，稱讚好吃，約會時也很開心的樣子。

「現在還說這些做什麼……」沙羅沮喪地說服自己。

（我不能接受命中註定的戀愛……所以我在那天邂逅赤崎同學後，對他就帶了濾鏡。）

因為不許自由戀愛，就更想追求、渴望。

沙羅能感覺到，這樣的感情因為邂逅晴也而浮上表面了。

（我一定很嚮往……命運般的……不，應該說是酸酸甜甜的普通戀愛。）

經過如此自我分析，沙羅發現自己的心情似乎輕鬆了一點。

（這麼說來，若能在相親前盡力談一場平凡的戀愛，肯定就不會有這種心情了吧……）

沙羅靈機一動，像想到了好方法，將浮上心頭、自己想做的情侶行為一一列舉出來。

（放學以後偷偷一起回家、一起念書，啊，還想去海邊玩。）

沙羅先將她想在普通戀愛中做的事列成清單。

寫著寫著，由於項目太多，便決定限制在做得到的事情上，走務實的路線。

……因為她覺得時間一定不多了。

（放學、念書、海邊……就這些了吧。）

沙羅認為最先列舉出來的最容易實現。

出外購物難以縮減範圍，所以限定於學校……選擇海邊則是因為感覺比較特別。

反覆確認幾次，確定就是這些後，沙羅立即傳訊息給晴也。

『抱歉這麼晚打擾你，明天午休能請你來頂樓嗎？我有最後的請求想拜託你。』

沙羅知道這樣很厚臉皮，但她告訴自己……這是最後一次了。

（……赤崎同學。）

她在心裡哀痛地唸著心上人的名字。

＊＊＊

隔天午休。

晴也賊笑著走向頂樓。

這是因為沙羅昨晚傳來的訊息。

內容是關於「最後的請求」。

沙羅有求於晴也使他心情大好，不過他沒有多問細節，待會沙羅應該會解釋。

因為小日向給了晴也建議，只要賣個人情給沙羅，就能相信沙羅不會把他的真實身分洩漏出去。

老實說，以沙羅現在的精神狀態，什麼時候會說溜嘴都不奇怪。

所以晴也覺得，只要以「不能洩漏自己的身分」交換沙羅「最後的請求」，就沒有後顧之憂了。

（……不管是什麼請求都放馬過來，我也已經準備好了……）

晴也藏起內心的情感，來到頂樓，接下來就是聽沙羅說出什麼請求了——

「那個，能請你聽聽我的請求嗎？」

「簡單來說，就是希望做出三個像普通戀愛的行為吧……」

「對，就是那樣。」

「了解……」

沙羅遞來的清單上，寫了一起放學、一起念書、到海邊玩。

總共就三項。

晴也對此感到意外又傻眼。

因為他準備好要接受更艱難的要求了。

原本當作交換條件，要求她發誓絕不洩密，但後來他認為這種事要留到最後說比較有效果，就先忍住了。

看著沙羅不安的雙眼，晴也只短短地說了聲：「知道了。」

「謝謝！」這讓沙羅的表情立刻明亮起來，表示感謝。

（這三件事跟不洩密相比……根本算不了什麼嘛。）

晴也陪笑時，沙羅恭恭敬敬地向他鞠躬。

「那今天放學以後，可以先完成第一個嗎？」

「好。不過我不想引人注意，可以等其他同學都差不多離開了再走嗎？」

「好的，完全沒問題。我也這麼想。」

就這樣，兩人說好放學後一起回家。

＊＊＊

放學後。

待學生差不多回家以後，晴也來到校門等候沙羅。

沙羅尚未現身，等了五分鐘左右才來。

「不好意思，久等了……」

「不會，我沒等多久，不要緊。」

經過一段老套的寒暄後，兩人都緊張地看看周圍。

現在晴也的樣貌是已經被沙羅發現的學校版本，也就是陰沉的模樣。

「呵呵，真的不像是同一個人耶。頭髮會不會太長了？剪一剪絕對會比較好。」

「常有人這樣說，不過這樣我比較安心。」

晴也苦笑著回答，沙羅則在心裡低語：

（不過，只有我知道這件事的感覺也不錯……）

晴也先走到前頭，和沙羅拉開一點距離後問：

「……不過我家要往右邊，妳呢？」

「啊，我也一樣，請別在意。」

晴也點點頭，跟沙羅一起踏上歸途。

果然走在沙羅身邊就很引人注目。

儘管沒人一直盯著兩人看，還是有幾個別校的學生遠遠看著。

明明只是走回家而已，多個美少女陪伴就讓人緊張。

沙羅入迷地注視著走在前方、不停瞥向周遭的晴也背影，心臟跳得飛快。

（好像在保護我一樣……這樣也不錯呢。）

她拚命壓下就快不禁揚起的嘴角。

這時，晴也則是為路上沒遇到同校學生感到慶幸，鬆了一口氣。

就這麼一邊警戒周遭，走了快十分鐘。

終於不用注意周圍目光時，沙羅忽然停下腳步。

順著她的視線望去，晴也發現前面停著一輛可麗餅餐車。

（她想去看看吧……）

晴也其實很想趕快回家，但這最適合用來賣人情。

「……要去吃可麗餅嗎？」

晴也體貼地開口後，沙羅晚了一拍才用力點頭。

「那走吧。」

晴也說完，帶她來到餐車旁……

「很好吃耶，結奈奈！」

「嗯，這家意外地很好吃……」

「要是沙羅羅能來就好了。」

「是啊……不過她這兩天好像不太希望我們去吵她的樣子。」

沙羅聽見非常熟悉的聲音。

先不論對話內容，晴也看到同校制服就皺起眉。

這一刻兩人的想法一致，滿腦子都是「糟了，快跑」。

沙羅和晴也匆忙轉身，打算離開時——

「咦，奇怪？那個……不是沙羅羅嗎？」

「真的耶……沙羅為什麼要跑？」

「啊，那個男生……是誰啊？」

「咦？不認識……」

看來來不及跑了。

晴也和沙羅面面相覷。

（怎麼辦？她們是我朋友……）

（現在逃跑，妳也很難解釋吧……只能想辦法蒙混過去了。）

兩人藉由眼色溝通過後，自知躲不過而準備豁出去，往Ｓ級美女們——結奈和凜走去。

「那個男生到底是誰啊，沙羅羅！」

「的確讓人很好奇……」

她們都對晴也投以十分興致勃勃的眼神。

（喂喂喂，還問我是誰，我跟妳們同班好嗎？）

他再次感激著自己薄弱的存在感……同時在心裡吐槽。

但是更讓他在意的是……凜和結奈的聲音似乎都在其他地方聽過。

（話說回來，這兩個人的聲音好耳熟喔……）

他常去的咖啡廳的女工讀生、會跟他聊少女漫畫的同好。

她們的聲音和這兩人很像。

……但聽說世上會有三個人長得跟自己很像，所以晴也沒有太放在心上。

看著沙羅不知怎麼向朋友解釋，晴也搔著後腦杓回答：

「呃，我們是……」

「「「…………」」」

包含沙羅在內，三位S級美女的視線都集中在晴也身上。

「想買可麗餅，碰巧遇到的……」

晴也緊張兮兮地說完，沒想到結奈和凜都理解似的點了點頭。

（幸好這次成功蒙混過去了……）

難得就讀同間學校，三位S級美女似乎覺得讓晴也單獨離開太絕情了，便和晴也一起吃可麗餅。

所有男同學都會羨慕的這個狀況……對晴也而言，其實不自在極了。

「沙羅羅……妳沒事了嗎？」

「沒事了。昨天讓兩位擔心，現在我真的沒事了。」

「是嗎？那真的太好了，沙羅。」

S級美女們簡短對話過後，注意力轉移到晴也身上。

「話說，你的頭髮好長喔，剪一剪一定會比較好……對吧，結奈奈？」

「……咦？嗯，我懂妳的意思……沒有意見。」

凜脫口這麼說，結奈也含糊地點頭贊同。

「……我、我會考慮。」

「哈哈哈。嗯，要考慮一下喔。」

「我是覺得剪不剪都可以啦，不過不重要……」

S級美女們對晴也說的話大概只有這樣。

然後聊起沙羅的事。由於她恢復精神了，三人又開始聊戀情發展。

「欸，那位同學，你這樣跟沙羅羅遇到，不覺得也很像命運的邂逅嗎？」

聊起沙羅的戀情時，凜對晴也這麼問。

「……啊！不、不要這樣啦。」

沙羅滿臉通紅地低下頭。

當著本人的面說什麼命運的邂逅，會有這種反應是理所當然的吧。

連晴也也因為太過難為情，羞紅了臉。

因為……

「那個人好厲害喔……光聽就知道他很帥氣……」

「我也好想親眼看到他本人……」

凜和結奈都當著他的面誇個不停。

「（喂，這算是一種拷問吧……）」

「（嗚嗚……真的太丟臉了。）」

兩人都害羞地紅著臉。

這天的歸途上。

離開可麗餅餐車以後，兩人都沒說話。

因為其他Ｓ級美女（凜和結奈）也在，兩人無法提及祕密。

「啊，我要走這邊。」

與Ｓ級美女們路線分歧時，晴也與她們就此告別。

沙羅避開其他兩人的目光，輕揮揮手。

晴也微微點個頭回應，轉身離去。

獨自回家的途中，手機震動了一下。

通知顯示是沙羅傳訊息過來。

『今天非常抱歉。不過一起回家很像普通戀愛，我很高興。雖然出了一點小意外……』

晴也查看完內容，苦笑著回覆。

『是啊……不過沒關係，我也很高興。那一起回家就算完成了吧？』

『是，畢竟如果又像今天這樣……就有點那個。下次我們一起念書吧。』

『好的。』

如此簡單對話過後，晴也收起手機。

（雖然不曉得那樣是不是真的可以……不過這樣就剩兩個了，搞定以後，總算就可以安心了……！）

晴也暗自嗤嗤竊笑。

＊＊＊

「——這是典型的整數問題，需要拿剛才的來應用。」

「喔，這樣啊，我完全沒想到。」

某天放學後。

晴也在沙羅的請託下，和她來到頂樓念書。

而現在沙羅正在用淺顯易懂的方式，細心地講解晴也不懂的問題。

雖然沙羅講解得簡單明瞭，不過晴也有點好奇。

（姬川同學……很關心周遭的人呢。）

晴也並沒有特別表現出不懂這道問題的舉動。

只是停下手煩惱時，沙羅就湊過來替他講解。

「姬川同學，妳很關心周遭呢。」

「……咦，怎麼突然這麼說？」

「沒有啦，只是很佩服妳而已。」

「謝、謝謝。」

沙羅率直地頷首答謝，靦腆地微笑。

兩人就這樣繼續讀書，在適當的時機休息片刻。

「——啊，那是俄羅斯方塊嗎？」

「咦？對，我放假有空的時候會玩一下……」

晴也啟動俄羅斯方塊ＡＰＰ來玩時，沙羅問道。

（啊……那裡應該用Ｔ轉……）

看著晴也玩遊戲，沙羅愈來愈看不下去。

沙羅是俄羅斯方塊老手，而且擁有能進入前幾名的實力。

「啊啊……輸了。」

晴也在網路對戰中被對手打得落花流水。

見狀，沙羅咬起下唇，有話想說的樣子。

「姬川同學，妳該不會……也想玩吧？」

「……對、對，我很會玩。」

「新手都這樣說，不過這很難喔……」

「包在我身上……」

沙羅信心十足地說著，晴也愣了一下，但他也想看看誇下海口的她的實力，就把手機給了她。

——結果。

「呃，太扯了——」

沙羅動作之快，看得晴也都說不出話了。

（這是怎樣……快到莫名其妙，我一輩子都玩不贏她吧。）

晴也為其迅速的動作感到驚愕，回過神來，沙羅已經爬上第一名了。

她默默比了勝利手勢，嘴角微微上揚。

（……對不起，是我不知天高地厚。）

晴也暗自道歉，沙羅則親切地教他俄羅斯方塊的訣竅。

「學會基本操作以後，只要練習就好。方塊有幾種固定的順序，所以一開始要玩到完全摸熟——」

沙羅的說明或許十分正確，可是在晴也聽來——

（不是，回答得太專業了吧……）

完全是專業玩家才聽得懂的事。

後來晴也暫時關掉俄羅斯方塊，改玩開車競賽的賽車型遊戲。

轉彎是靠左右傾斜手機來進行，難度很高。

沙羅的眼神與玩俄羅斯方塊時不同，深感興趣地看著螢幕，看晴也手忙腳亂地開著車。

「妳也想玩玩看這個嗎？」

「想。」沙羅點頭回答。

她的表情緊張，因此跟俄羅斯方塊不一樣，是第一次玩這個吧。

沙羅接過晴也的手機，實際開玩以後——動的不僅是手，連身體都跟著晃起來。

右轉就整個人向右傾。

左轉就整個人向左擺。

每次擺動，都有清新的香氣刺激晴也的鼻腔。

（……反應都太可愛了吧。）

晴也不自覺地這麼想。

當他看得入迷時，沙羅鼓起臉頰問：

「赤崎同學……這個好難喔，可以再玩一次嗎？」

「好，可以啊。」

於是，沙羅又加賽一場。

第一次，左轉時整個人一起擺動，造成車體損傷。

第二次，變成右轉時整個身體一起右轉，整臺車撞壞了。

遊戲原創的小丑角色跟著「GAME OVER」的字樣跳出來，做出嘲笑的動作。

「可惡～這個小丑是怎樣……」

「……很欠揍吧？」

這就是這個遊戲被嫌棄的原因之一。

遊戲本身就很難了，每次失敗還會有個挑釁力特別高的角色來嘲笑你。

「赤崎同學，我不甘心，可以再一次嗎？」

「我們該繼續念書了——」

「最後一次就好……！」

「咦……」

晴也想問沙羅：那能不能去遠一點的地方玩？

因為沙羅玩遊戲時會整個人動來動去，讓他無法專心念書。

……但沙羅抓住晴也的衣襬，也許是下意識地抬眼看來。

「不行嗎？」

「好啦……」

晴也其實很想馬上拒絕她，但不巧，當前的目的是賣她人情。

他想換取沙羅不會洩密的可信證明。

因此現在在晴也心中，她不只是沙羅，是沙羅大小姐。

得放低姿態，無論任何要求都得聽從。

——結果……

「可惡～這個小丑真的很欠揍耶……！」

沙羅被小丑一激再激，差點把手機摔在地上時——

「那是我的手機！」

害得晴也莫名消耗了無謂的體力。

最後，讀書會這個沙羅的第二個請求徒具其名……幾乎變成遊戲會了。

——後來訊息中。

『這次也很抱歉，讀書會變成遊戲會了。』

『妳玩得開心就好啦。』

『我不會放過那個小丑……！』

沙羅接著傳來兔子發脾氣的貼圖。

『讀書會也結束了，那再來……』

『就剩海邊了。』

就這樣，兩人前往沙羅的最後一項請求——海邊。

＊＊＊

某天放學後。

為了完成沙羅最後的請求——去海邊的任務，晴也和沙羅搭電車前往海邊。

順道一提，現在的晴也是私下扮相，也就是經過裝扮的外出版本。

因為沙羅要求他打扮一下。

現在晴也就像是沙羅的管家，有求必應。

在電車上搖搖晃晃，沙羅對晴也小聲說：

「……穿這樣出去玩好緊張喔。」

「喔，妳說制服啊……」

現在，晴也和沙羅都穿著榮華高中的制服。

她說去海邊就是要穿制服。

晴也不太懂，但是對沙羅來說似乎就是這樣。

因此沙羅沒選假日，指定在放學後去看海。

而且，據說夕陽、大海和制服特別搭。

這點晴也也同意。

搭了約三十分鐘的電車，出站再走一小段路就到海灘了。

這是一片海面一望無際的海灘，海風十分宜人。

「……哇～好美喔。」

沙羅低聲讚嘆。海面映照著夕陽，璀璨的分界線無盡延伸。

晴也也看得入迷，自然而然淺笑起來。

接著，沙羅獨自走向海灘，回頭轉向晴也。

「赤崎同學～夕陽好美喔～」

「嗯，很美。」

沙羅朝他大喊，晴也也大聲回答。

「你也過來嘛！非常舒服喔！」

沙羅不知何時已脫下鞋襪……將腳尖埋在濕沙裡。

她現在是沙羅大小姐，於是晴也聽從吩咐，走向海水。

來到與她面對面的距離後，晴也從她身上感到一股沉默的壓力。

所以他跟她一樣脫下鞋襪，將腳埋進沙子裡，接著泡進海水裡。

「喔，的確滿舒服的……」

冰涼的感覺從雙腳擴散至全身。

晴也心想，在溫暖的春天就這麼涼快了，夏天過來時應該會更舒爽。

——沙——沙——

享受著浪潮聲與海景時，沙羅忸怩起來，害羞地向晴也問道：

「……那、那個！」

晴也聽到她的聲音後望去，盯著她看。

在晴也的注視下，沙羅在胸前握緊拳，請求道：

「我不是說，我想做普通戀愛會做的事嗎……？」

晴也沒有說什麼，只點點頭催她說下去。

「……那、那麼，我們可以互相潑水、玩你追我跑嗎？」

沙羅懇切地請求。

晴也沉默地點頭答應，但心裡覺得那是很害羞的事。

幸虧今天是春天的平日，附近沒有其他人。

還在想該怎麼開始遊戲時，沙羅有點害羞地用不習慣的動作對晴也潑水。

「嘿！嘿！」

晴也覺得她笨拙的動作很可愛，並說一句「妳敢潑我？」就潑了回去。

——嘩啦、嘩啦、嘩啦。

兩人互相潑水，笑得好開心。

晴也淡定地潑著水，但其實他羞得不得了，很希望有人能一槍打死他……

在旁人眼裡，那完全是歌頌青春的模樣。

潑完水以後，兩人開始在沙灘上追逐起來。

「不要跑～」

晴也壓抑著羞恥，以免表現得太尷尬。從沙羅心滿意足的表情來看，他認為她玩得很開心。

玩得差不多了，兩人便坐下來，欣賞附近的景色……

「赤崎同學，謝謝你幫我完成心願。」

沙羅忽然淺笑著這麼說。

但晴也看見那雙眼眸裡混雜著許多情緒。

不安、恐懼、自嘲……每一樣都是負面情緒。

「……已經夠了嗎？」

「對，已經夠了……我有體驗到普通戀愛了。」

沙羅在這時簡單地回顧起至今發生的事。

「一開始，你幫我趕走了搭訕的壞人……然後再次遇到你，後來又發現你是同班同學……」

現在客觀想想，這機率低到簡直不可能，晴也也很明白這有多驚人。

「我覺得這是命運的邂逅，不自覺地受到吸引……因為這樣，才會拜託你陪我做些

普通戀愛會做的事……我這幾天真的玩得很開心，謝謝你。」

沙羅誠懇地鄭重低頭道謝。

臉上雖是笑容，卻有點痛苦扭曲的感覺。

「……然後，赤崎同學，我要向你道歉。」

晴也不懂她是為了什麼道歉，沉默地催她說下去。

沙羅以細小的聲音說道：

「對不起，讓你陪我這種人……」

語氣裡帶有深深的自責。

說這些話時，沙羅不曾看向晴也。

也許是出於罪惡感，她顯得惶惶不安。

於是晴也決定坦率說出自己的想法。

因為她說不定有所誤解。

「姬川同學，我很謝謝妳……」

即使有點害羞，晴也仍開口道謝。

沙羅瞪大了眼，似乎不記得自己做了什麼事值得感謝，但看到晴也的表情後，也許是理解到他沒有說謊，因此噤聲。

晴也繼續說：

「……因為我也覺得我們這段關係，（雖然發生過很多事）意外地滿有趣的。」

當然發生了不少令人很想逃跑又麻煩的事，但現在回想起來……晴也覺得或許仍是一段不錯的日子。

聽晴也笑著這麼說……沙羅緊咬著下唇。

痛苦地緊抓住自己的胸口，傾訴道：

「……我沒資格……接受這種話。」

沙羅以顫抖的聲音這麼說。

她似乎很是糾結該不該這麼說，但看到不解的晴也，最後才露出下定決心的表情。

「我欺騙了你……逼你答應我任性的要求。」

即使都快哭了，沙羅仍堅定地說完。

「什麼意思？」

「……！」

沙羅的表情一揪，輕輕吁氣並緊抓住自己的肩膀，甚至留下指甲印。

「其實我一開始就知道，我會在父母的安排下相親結婚，沒有戀愛的自由，可是我卻將自己任性的要求加諸在你身上。」

「…………」

沉默降臨。

沙羅認定晴也會對自己深感失望，害怕看到他的反應似的低下頭。

而相較於自責咬牙的沙羅，晴也也不算同情，只是聽著她說話。

忽然間，一顆淚珠流下沙羅的臉頰。

回神一看，她的身體劇烈地顫抖著。

「——所以，我沒資格接受你的溫情。」

我好差勁。

我好醜陋。

我好膚淺。

所以不要對我道謝。沙羅痛切地這麼說。

在那之後，沙羅低著頭拭淚。

在晴也眼裡，她豐滿的身軀變得好渺小。

他對沙羅的告白有些驚訝，但絲毫無法責怪她。

至少，晴也原本也打算利用沙羅。

「……姬川同學。」

晴也呼喚她的名字，使沙羅的身體震了一下，怯怯地抬起臉來。

但眼睛仍不敢看向晴也。

「……聽到妳剛才說的話，我還是無法責怪妳。畢竟我也用『假名』騙過妳。」

「可、可是……」

那是因為你有你的苦衷——

沙羅是想這樣說吧。可是，這句話也能套在她身上。

晴也苦著臉對沙羅說：

「我知道妳有妳的苦衷，而且，要在那麼嚴格的家庭裡管好自己，也是一件很困難的事吧？」

青春期時多愁善感。

在無拘無束的校園生活中，處處受限地活著……晴也覺得自己應該無法忍受。

怎麼想都會挺身反抗。

「我不是說妳沒有做錯任何事，但妳只是想解放一下而已吧。我不會介意這種小事，這也不是該介意的事。」

晴也對沙羅的家庭環境一無所知。

聽說是守舊、謹守嚴格傳統的家庭，他能想像到。

所以覺得讓她喘口氣也無傷大雅。

只是沙羅這樣在嚴格家庭中長大的人，應該不曉得該怎麼向別人撒嬌。

她大概把自己逼到了極限，精神顯得相當憔悴。

「為、為什麼……？為什麼……」

「因為如果我出生在妳家，肯定會學壞啊。」

晴也露出像在說著「所以這怪不了妳」的靦腆笑容。

雖然不是什麼光彩的話，晴也仍說得十分肯定。

這時，沙羅似乎再也按捺不住情緒，撲進晴也懷裡。

眼前的她已經沒有半點逞強的餘力。

「……為什麼？為什麼要那樣溫柔地安慰我？」

沙羅不停揮拳敲上晴也的胸口，可是一點也不痛。

看來她心裡仍感到難過。

晴也沒有抱住她，也沒有扶住她的雙肩，就靜靜地承受。

「……對我說這麼溫柔的話，是要我……要我怎麼做？原本應該笑著說再見才對……可是我連這種事都做不到……」

沙羅的父母最近為她訂下一場相親。

所以她應該是想笑著告別，可是晴也說的溫柔話語讓她很是煎熬。
因為她想要道別，卻說不出口。
正確來說，是愈來愈不希望結束。
無處宣洩的情緒不停打在晴也的胸口。
「——我好討厭這麼骯髒的自己，所以我沒有資格聽你那樣安慰我，可是……」
滿眼是淚的沙羅緊抓住晴也的衣領。
確定沙羅冷靜下來之後，晴也垂眉而笑。
「不需要說成那樣吧？妳還有幾個喜歡妳的朋友啊。」
沙羅迷人的笑容……連晴也也會不由自主地被她吸引。
所以晴也正面否定了她的想法。
「……可、可是……」
沙羅抬起頭，原先游移的視線和晴也的目光對上——不經意目光相對。
她大概了解到晴也說的是實話，把羞紅的臉埋進晴也的胸口，不讓他看見表情。
「……赤崎同學，你很狡猾耶。」
「我不是那麼好的男人啊。」
「說得也是。」

但是——沙羅輕笑著繼續說：

「……聽了那些話會高興的我，比你還要壞。」

沙羅以仍有憂愁的表情低語。那不是釋懷的笑容。

……還差一步。

想揮開沙羅的憂愁，還差一步……

阻擋了「這一步」的東西，肯定就是在不久後等著的相親。

（反過來說，只要除掉這個問題，我就能賣姬川同學人情，然後——）

再也不用擔心身分會洩漏出去。晴也暗自亢奮起來。

「關於相親的事，我會去妳家一趟。」

「……咦？」

沙羅似乎沒想到晴也會說這樣的話，聞言就發出呆愣的聲音。

「我會去妳家阻止這場相親。就算妳的父母再嚴格，聽到別人的意見也可能會改變啊。」

「不、不可能啦……！父親的話，我連頂嘴都沒有過，這麼亂來的行為怎麼行得通。」

這樣亂來確實行不通。

但就算做錯了……不採取行動就什麼也不會改變。
晴也目光認真地注視沙羅問：
「妳想怎麼做？妳真的想相親嗎？我覺得完全不像啊……」
「這跟我怎麼想無關，我是姬川家的人。」
沙羅無力地移開視線，但晴也不讓她逃，繼續問：
「妳真正的想法是什麼？」
他只重複說著這句話，沙羅則緊抿住嘴，用力抓住自己的領口。
「我、我其實……不想要相親。我想要自由戀愛，談場命中註定的戀愛。」
吐露心聲後，沙羅以「不過」接道。
「在父親面前，我就什麼也不敢做，更別說是回嘴了……！」
沙羅哀傷、悲痛、苦悶地按著胸口繼續說：
「可是有你在的話，我說不定可以克服……」
她濕潤的雙眼直視著晴也。
「所以……能請你幫幫我嗎……？」
即使不行，沙羅也想相信希望、抓住希望。
沙羅心裡不斷湧出這樣的渴求。

晴也毫不猶豫地點了頭。

「……我們一起對抗吧。」

「好、好的……！」

看見沙羅微微笑起，晴也在心中竊笑。

（只要解決這件事，我們就會建立起無法撼動的信賴關係才對，這樣就能完全確定她不會洩漏我的身分了。）

晴也是這麼想的。

……但那不過只是真心話的一部分。

沙羅的眼神正在柔弱地呼救。

在內心大喊，乞求晴也幫助她擺脫相親詛咒的沙羅，晴也無法視而不見。

（……而且，我也希望姬川同學樂觀一點。）

這陣子與她相處下來，晴也已經不能把她當成外人……更別說見死不救了。

因為晴也看過了她溫柔、體貼的一面。

再加上她的笑容迷人，心裡有一個小小的想法萌芽，希望她能保持著笑容。

（……或許我也一時昏了頭吧。）

清澈的海天一片，還有美少女的眼淚。

一定是這樣的情境，讓晴也有了現在的心情。
晴也對自己如此反常的一面，下了這樣的結論。

第四章 姬川沙羅

決定前往沙羅老家後過了幾天，時序來到現在。

晴也和沙羅搭上電車，搖搖晃晃地前往沙羅的老家。

奇怪的是，晴也不覺得緊張，沙羅卻提心吊膽，冷靜不下來。

「……好緊張喔。」

晴也敷衍地點頭回應她。

比起緊張，晴也更好奇所謂嚴格又守舊的家庭究竟長什麼樣子。

（姬川的老家會是什麼感覺啊……）

由印象來想像的話，多半是會令人聯想到貴族豪宅的建築。

當晴也的想像無限飛馳時，坐在身旁的沙羅小聲開口：

「那個……」

「嗯，什麼事？」

「雖然事到如今才問，不過，你為什麼要對我這麼好？」

「這真是突然的問題呢……」

「對不起，但我很想知道。」

頓了一拍之後，沙羅眼神認真地看著晴也說：

「這種問題很麻煩……尤其又是別人家的家務事，一般人都不會插手才對。」

「我只是看到眼前有人有困難，想幫忙而已。」

說完，銳利的視線立刻從身旁射來。

「我覺得你不太像是這樣……能請您認真回答嗎？」

沙羅以完全不許推辭的態度問道。

她雖然有時很盲目，但該銳利時還是很銳利呢，晴也露出苦笑。

晴也是為了讓沙羅保證不會洩漏他的身分才努力到現在，但這種話說什麼也不能說出口。

於是他有些自暴自棄，將心底沉睡的另一個理由編織成話語拋回去。

「因為面對家人是非常重要的事啊……」

沙羅這次一句話也沒打岔。

沉默是要晴也繼續說下去嗎？

「……因為我也和妳差不多啦，跟家人有點疏遠……」

晴也自嘲似的聳肩。

他不太想回憶國中的事，是出了一些事情，所以現在一個人住。

晴也略過細節繼續說：

「……我還無法向前走，但是我希望同樣有家庭問題的妳能往前邁進。」

他只說了這句話，沙羅的頭髮稍微一晃，問道：

「這跟你的頭髮留那麼長，又不想在班上引人注意有關吧……？」

沙羅肯定的問題讓晴也很不自在，仍默默地點了頭。

沙羅似乎也看出了他不想多談，沒再深究。

——鏗鏗，鏗鏗。

經過幾秒鐘的沉默，沙羅低聲道：

「既然如此，我……我得努力才行，為了讓你也能向前走。」

沙羅露齒而笑。

……雖然不知道是不是錯覺，她的身體感覺在發抖。

沙羅也許發現晴也看穿了她心裡其實很害怕，為掩飾慌張而繼續解釋：

「其實我知道，我接下來要做的事是出於我的任性……父母介紹給我的相親對象，條件也一定很好。」

「……可是，那不是妳想要的吧？」
「對，所以我……會努力的。謝謝你跟我說這麼多。」
見到她恭敬地低頭道謝，晴也避開她誠摯且純真的眼眸，搔搔後腦杓。

＊＊＊

又搭了三十分鐘的電車後，晴也和沙羅抵達了沙羅老家。
日式宅邸的氣派大門威風凜凜地聳立於眼前。
極為剛強威嚴。
當晴也對沙羅老家的外觀感到傻眼時，沙羅逕自走向大門，按下對講機。
不久後，身穿和服、貌似傭人的人恭敬有禮地開門迎接兩人。
「沙羅小姐，好久不見了……歡迎回家。」
對沙羅鞠躬後，貌似傭人的人皺眉望向晴也。
「……啊，啊啊，原來是那樣啊。」
傭人有所領會似的點頭，對晴也柔柔一笑。
（咦？原來是怎樣……？）

晴也露出不知所措的表情，而沙羅對貌似傭人的人說：

「我今天回來是有事要跟父親談。」

「我明白……那麼，我去請老爺準備。」

「……麻煩了。」

沙羅說完後，貌似傭人的人立刻返回宅邸裡。

「……剛才那位是傭人嗎？」

「對，是傭人沒錯，已經替姬川家服務很多年了。」

聽沙羅若無其事地說完，晴也不知該如何是好時，對講機中忽然傳出一句話。

『小姐，老爺準備好了，請進。』

是先前那位傭人的聲音。

沙羅和晴也對視一眼，互相點頭。

「……那麼，我們進去吧。」

「好、好的。」

沙羅在身旁大口深呼吸，反覆好幾次。

可以看出她相當緊張。

大門打開，進門後，晴也先為她老家的寬廣程度大吃一驚。

（簡直就像旅館……要玩躲貓貓也沒問題吧。）

晴也東張西望地跟在沙羅身後時，沙羅忽然在一扇大紙門前停下腳步。

「就、就是這裡……」

沙羅語氣略顯緊張地這麼說。

晴也默默頷首後，沙羅戰戰兢兢地對紙門方向說：

「父親……我、我回來了。」

「是沙羅吧……進來。」

紙門後傳來具有威嚴的聲音。

光是聲音就讓晴也備感壓迫，不禁倒抽一口氣。

沙羅慢慢拉開紙門，目光看著榻榻米，避開父親的視線，進入房間。

晴也跟著進房，慢慢拉上門。

抱著雙臂坐在房間中央的，應該就是這座日式宅邸最頂端的人物。

晴也心想，這樣說或許不禮貌，她父親就是從相貌來看能感受到威嚴又板著臉的伯伯。

銳利的目光先是掃向沙羅，再順勢看向晴也。

沙羅的父親眉頭一皺，問道：

「……這究竟是哪位？」

即使問得很有禮貌，他嚇人的表情仍使晴也不由得緊張起來。

晴也發現自己下意識臉部緊繃，氣也不敢多喘。

當沙羅膽怯地開口，要解釋晴也的身分時，晴也先開口了。

「我是姬川同學的朋友，赤崎晴也……」

沙羅張大渾圓的雙眼，而沙羅的父親文風不動，只低喃道：「這樣啊……」

沙羅的父親依然以嚴肅的視線看向兩人，又對晴也問道：

「那麼，沙羅的朋友特地來找我，所為何事呢？」

彷彿看穿一切的視線望著晴也。

晴也緊張得挺直背脊，輕吐出一口氣後回答：

「我到這裡來，是想請您聽聽姬川同學的心聲……不對，是想跟您談談相親的事。」

聽了晴也的話，沙羅的父親扶額重嘆：「果然是這樣啊……」

「赤崎同學，你是大致了解過沙羅的想法才來的吧。不過這是我們姬川家的問題，跟你一點關係也沒有，所以能請你離開嗎？」

貌似看透一切的沙羅的父親擺起嚴面，瞪視著晴也。

晴也不禁想退縮，但仍強裝鎮定，直視對方的眼睛。

「並非……沒有關係。姬川同學有多難受，我都看在眼裡，所以並不是沒有關係。」

晴也回以似乎有些道理的話後，沙羅的父親當場輕嘆了一口氣。

「你是她的朋友，會擔心的確是正常的。可是赤崎同學，引導孩子走到正確的道路是父母的責任。假設沙羅不必相親好了，那又如何？你能保證她不會被壞男人欺騙嗎？她分得出男人的好壞嗎？不，她做不到，她顯然會被邪惡的大人騙走。但是，如果由我來選擇她的對象，就不會發生這種事，因為我不會讓我信不過的人跟她相親。你能保證，無法表達出自己想法的沙羅，不會被壞男人騙走嗎？」

晴也能夠了解沙羅父親的顧慮，一時語塞。

事實上，晴也也親身體驗過沙羅對戀愛的盲目之處，因此知道她父親說得有道理。

當他不由得沉默時，沙羅忽然抓住他的衣角。

「（可以了……已經、夠了。）」

沙羅無力地輕搖搖頭，臉上露出放棄的表情。

沙羅的父親見到她那樣的表情後說道：

「就是這樣。沙羅就是個有話不敢說、無法做出正確判斷，一點魅力也沒有的孩子。作父母的當然有義務把她導向正途。」

回過神時，直到方才都說不出話的晴也，正用責難的眼神瞪視著沙羅的父親。

「哦？你這是在做什麼，赤崎同學？」

「剛才，你說她一點魅力也沒有……」

「對，沒錯。她就是無法自己做出正確判斷的小孩子，沒有魅力可言。都這麼大了，我都沒看過她交到什麼朋友。」

聽到這句話，晴也果決地和沙羅的父親正面對峙。

「姬川同學的確是有不顧後果，不懂世故的一面，我也明白您認為她對戀愛的想法有點危險……可是，我不能接受您剛才的說法。」

「……什麼？」

沙羅的父親嚴肅的臉有些扭曲，露出疑惑的神情。

面對這個質疑，晴也毫不畏懼地直視對方的眼睛，回答：

「您說她沒有魅力？才沒那回事！」

幾近怒罵的吼聲在房裡重重響起。

……晴也也不太清楚自己是怎麼了，只是聽到沙羅被父親輕視為沒有魅力，讓他莫名地一肚子火。

如此斷言後，晴也續道：

「姬川同學會仔細觀察、注意周遭，有一顆會替他人著想的心……可是身為父母的您卻說她沒有魅力，這絕不可原諒！」

晴也也是因為他自己的家庭背景，才會忍不住說出這些話。

看到晴也難得這麼激動，沙羅看得目瞪口呆，她的父親也啞口無言。

片刻後，沙羅的父親清咳一聲後說：

「這樣啊……看來你是真的很為沙羅著想，說她沒有魅力確實是我不好。沙羅……對不起，我向妳道歉。」

他輕聲細語地這麼說，並淺淺低頭，然後——

「——但儘管如此，沙羅還是個無法表達自我意見的孩子沒錯，難道不是嗎？」

「我、我不覺得是這樣……」

「那麼，沙羅她到現在為止為何都不說話呢？在我看來，她根本是將一切都寄託給你了……」

「……！」

晴也意識到，如果沙羅不肯為自己發聲，就算他說得再多……也無法說服她的父親，因此閉上了嘴。

但是，不能在這裡就放棄。
晴也輕扶上沙羅的背，決定相信她。
沙羅驚訝地抬起頭，望進晴也的眼睛。
（……妳可以的，妳可以的。）
晴也也以充滿信心的溫柔眼光，注視著沙羅。

＊＊＊

——我得說出來——我得說出來。
沙羅緊緊握拳，對自己這麼說。
她至今對父親不曾反抗或頂嘴，全身不由得緊繃起來，無法順利發出聲音。
父親和晴也的話，都聽不進耳裡。
氣氛頓時變得凝重，心臟重重地跳著。
（——無法說出自己想說的話。）
怎麼會這樣？沙羅心裡十分錯愕。
深切地感受到自己如此弱小。

感覺時間流逝得好慢好慢。

（……結果……我好像還是做不到。）

在父親面前，沙羅一直都是這樣。

沙羅在幼時就失去了父母，無處可去，是現在眼前的養父救了她。

從成為姬川家養女的那一刻起，她就決定為姬川家而活了。

所以無論心裡多麼抗拒，沙羅也會努力遵從父親的意思。

更別提反抗了。

於是沙羅就這樣在姬川家長大，連回嘴都不敢。

她很怕自己對姬川家……有收留養育之恩的這個姬川家做出不義的事。

（——算了吧。我會死心接受相親，沒辦法了。）

至今都忍受過那麼多討厭的事了。沙羅如此說服自己，打算就此放棄而嘆氣。

——可是。

她忽然想起邂逅晴也時的事。

仔細想想，從那一天起，「沙羅的世界」就有了色彩。

從未有過的情緒、隱藏至今的感情滿溢而出，止也止不住。

那是戀愛的感覺。

正因為不經意嘗到了命中註定的戀愛、戀愛的酸甜滋味，沙羅才會為此痛苦。
（我要對姬川家……）
沙羅用力閉上眼睛低下頭，晴也的話忽然閃現腦海。
『……可是，那不是妳想要的吧？』
『讓我們一起對抗吧。』
『不是因為妳是姬川家的女兒才厲害，就因為是妳才厲害。』
每一句都是晴也極其溫暖的話語。
（——唉，你這個人總是能這麼簡單就消除我的煩惱呢……）
想放棄，卻不能那麼做。
沙羅認為自己必須回應晴也的聲援。
現在她不是一個人，有晴也陪在身邊。
背上晴也溫暖的大手，彷彿讓她感受到這點。
（……妳可以的，妳可以的。）
也像在鼓勵她一樣。
同時，晴也也平靜地看著她。
讓沙羅覺得必須回應他不可。

「…………我不要。」

雖然聲音細小，感到晴也的存在，就讓她自然而然說了出來。

沙羅不再閃躲養父的目光，堅定地望著他，繼續說下去。

一發不可收拾地破殼而出。

「……父親，一直以來我都覺得自己不該反抗您的意思，所以我從來不曾違抗您的意見或建議……可是父親，對不起，我知道您都是為了我好才為我安排這場相親……可是我……我——」

沙羅在這時停下來，臉上綻放出更加迷人的笑容。

「——我其實比誰都還嚮往命中註定的戀愛。」

那笑容比晴也至今見過的更有魅力，更有人性。

＊＊＊

見到沙羅極具魅力的笑容，聽到她說的話，沙羅的父親傻住了。

晴也也不自覺愣在原地，但最後她父親嘴角微微一鬆。

表情平靜，彷彿他其實如此期望很久一樣。

「這樣啊……妳終於說出自己的意見了……」

沙羅的養父垂著眼，確認似的繼續說：

「即使知道會被我拒絕……會給我添麻煩，妳也說出了自己的意見……很好。」

並一臉滿足地頻頻點頭。

「……既然妳這樣說，那就沒辦法了。在這種狀態下將妳介紹給對方，會有損我們姬川家的聲譽啊。」

他帶著柔和笑容，欣慰地望向沙羅。

「既然妳想這麼做，就隨妳高興吧。」

「謝、謝謝！」

養父的話使沙羅心跳加快，但仍笑容滿面地回答。

好了，事情看似圓滿解決，晴也覺得差不多該回家時——

沙羅父親的注意力轉到晴也身上。

「赤崎同學，雖然時間還早，不過你就留下來吃頓飯再回去吧。」

「……咦，這樣我會不好意思。」

「不用客氣。你專程搭電車過來的吧，不請你吃頓飯怎麼行……」

接著，沙羅也請晴也留下。

「我也想請你留下來吃飯……我會去幫忙做飯的。」

晴也實在無法拒絕兩人，回答道：「那就恭敬不如從命了。」

就這樣，晴也將和姬川家一起用餐。

＊＊＊

沙羅到廚房幫忙傭人做飯後，晴也和沙羅的父親兩人在大和室等待。

尷尬的凝重氣氛籠罩著整個房間。

（我的天啊……仔細一看，她爸的臉果然好可怕……）

晴也剛才因為一時義憤，頂撞了眼前的人，現在冷靜下來後，心裡冷汗直流……

（我剛才不小心像在罵人一樣……弄得更尷尬了。）

在晴也死命挺直背脊坐正時，沙羅的父親突然問了個怪問題。

「對了，赤崎同學，你對沙羅有意思嗎？」

晴也差點噴茶，但用力忍住。

然後注視著對方的雙眼回答：

「……算是朋友吧？」

會說成問句，是因為晴也也不知道該怎麼簡單描述自己跟她的關係。

「……原來如此，不方便說就不勉強。」

沙羅的父親柔和地笑著回答。

多半是把他的話當成肯定戀情，但不好意思說吧。

父親繼續對歪著頭的晴也說：

「可以的話，我希望你在沙羅身邊支持她……我啊，還是第一次看到她露出那樣的笑容。」

「這樣啊……」

「是啊，一定是你改變了沙羅。然後，我也深刻體會到我是一個糟糕的父親……當時，我不相信沙羅能說出自己的想法。」

父親像在回憶過去，然後自嘲似的說：

「收養沙羅以後，她想為姬川家奉獻的決心……比別人強很多。因此，至今她毫無怨言地達成我提出的要求，然而，我卻把她當成無法表達意見的孩子……怕她被壞男人騙走，強迫她相親……都沒注意到她已經長得這麼大了。」

父親似乎對自己把她當作小孩感到懊悔。

「但我想，姬川同學她肯定不會埋怨伯父您。她提過家裡的事很多次，但從來沒有一次埋怨過您。」

（雖然如果是我，應該早就學壞了。）

晴也懷著這種不值得驕傲的感想，並說：

「不過，今後她一定能變得更好。」

「是啊，只會變得更好。」

沙羅的父親與晴也面對面，柔和地笑起來。

「不過，赤崎同學，沙羅剛才的笑容……不覺得很可愛嗎？」

見到沙羅的父親這麼開心的樣子——

（啊，這個人現在一點都不可怕，只是個喜歡女兒的父親呢。）

嚴肅的形象突然崩塌，讓晴也差點笑出來。

沙羅剛才的笑容的確很有魅力，但這是題外話。

晴也覺得事情會因此變得很複雜，隨便搪塞過去了。

＊＊＊

大約過了一小時，菜餚一盤盤端上桌。

晴也和沙羅的養父被香味吸引，從客廳的大和室來到餐桌邊。
上菜完畢後，沙羅和晴也面對面坐下。
「我開動了。」
說完餐前問候後，晴也開始大口吃飯。
養父、傭人、沙羅和晴也四人圍著餐桌吃飯。
真是特殊的組合。
菜色全屬日式，十分契合這古色古香的宅邸。
滋味當然美味醇厚，每一樣都令人讚不絕口。
在滿桌菜餚中，晴也特別喜歡炸豆腐。
沙羅的養父似乎注意到晴也對這道菜的反應，說道：
「這盤炸豆腐是沙羅做的，她很常做……」
並帶著柔和的笑容直盯著晴也。
「是這樣啊。這個炸豆腐真的很好吃。」
「呵呵……要不要我來教教您姬川家家訓呢，赤崎先生？」
這次換傭人帶著耐人尋味的笑容看向晴也。
晴也面露苦笑時，沙羅養父「嗯」了一聲，對傭人點點頭。

「說不定是好主意……」

「是吧，老爺。」

傭人笑咪咪地回答沙羅的養父後，又往晴也看來。

「不、不好啦……這樣實在……」

晴也看向坐在對面的沙羅──

「……等、等等，你們不要亂說啦！真是的……」

她則滿臉通紅，但好像挺高興的樣子。

看得晴也忍不住嘆氣。

＊＊＊

享用過豐盛晚餐後。

明天還要上學，因此再怎麼不捨，也得送晴也回家。

而且如果沙羅今晚在老家過夜，明天也得起個大早才不會遲到，所以她也要回外宿住處。

「我很慶幸今天能跟父親好好說到話。那我今天先跟赤崎同學一起回去了……」

「謝謝伯父的招待，晚餐很好吃。」
沙羅和晴也在沙羅養父和傭人的目送下，踏上歸途。
就在這時。
「隨時都可以回來看看喔。不只是沙羅，赤崎同學也可以把這裡當自己家。」
（呃，這就不用了。）
晴也當然不敢說出率直的心裡話，只點點頭。
——然後，他跟沙羅搭上回程的電車回家。

電車上，兩人都沒說話。
他們都靠在車廂內的牆上。
似乎有很多準時下班的上班族，回程的電車裡人潮比過來時還多，兩人沒有位子坐。
——鏗鏗、鏗鏗。
電車搖搖晃晃，沙羅和晴也都覺得很害羞。
原因很簡單，因為兩人的姿勢是晴也將沙羅逼到牆邊，手撐在她臉側的牆上。
「…………」

「…………」

這是為了保護沙羅不被人亂摸，可是距離比想像中還近，晴也無法直視她的臉。

（……這也太害羞了。）

晴也不知在心裡這樣想過多少遍。

而沙羅以莫名炙熱的目光，茫茫然地看著他。

怦通、怦通。

心裡發悶的同時，沙羅感覺到身體逐漸發燙。

（赤崎同學他……在保護我。）

細想這個狀況，沙羅在心裡發出「……嘿嘿嘿」孩子般的笑聲。

（真是的……我也欠赤崎同學太多了吧……）

回顧至今種種，沙羅笑了起來。

（要向他表達我的謝意才行……）

然而光憑言語，恐怕感覺不到誠意。

在電車上，沙羅一直在思考該怎麼對晴也表達謝意。

晴也也因為害羞——

（該什麼時候讓她保證不會洩漏我的身分呢……）

為了不讓自己胡思亂想，開始在心裡回想原本的目的。

「哎呀……車上好擠喔。對不起，一直保持這個姿勢。」

「……哪、哪裡！」

在最近的車站下車後，晴也對沙羅說：

「妳的腳還好嗎？要休息一下再走也可以喔。」

「謝謝你……這麼關心我。不過我沒關係，還有，剛才謝謝你保護我。」

這當然是指在車上保護沙羅，避免被別人亂摸的事。

沙羅心裡想著「多謝款待……」，傻笑起來。

「好，呃……那我們回去吧？」

「好、好的……！」

沙羅回答晴也的聲音都有點分岔了。

她十分肯定，要是看著走在前頭的晴也背影，她心中的這團火熱就不會冷卻。

「那個，姬川同學。」

從車站走往住處的堤道上，晴也下定決心，對身旁的沙羅開口。

「什、什麼事……？」

沙羅嚇了一跳，挺直背脊回答。

晴也雙手合十，深感抱歉地請求：

「姬川同學，能拜託妳一件事嗎？」

這個主要目的，晴也一直悶在心裡。

一想到就要達成，他就激奮不已。

（解決了家庭問題是個天大的人情才對，只要她答應我絕不洩漏我的身分，就肯定不用怕她會告訴班上同學了。）

晴也這麼想著，開口詢問後——

「我什麼都願意做，請說！」

臉蛋依然紅通通的沙羅激動地催晴也說下去。

晴也似乎沒想到賣人情竟然這麼有效，苦笑著說：

「我不想在班上，那個，太引人注意……可以不要把我的事說出去嗎？」

聽晴也這麼說，沙羅目瞪口呆，僵在原地。

然後疑惑地看著他……問道：

「這件事，我之前說過不會說出去了吧……」

「是啊，是有說過沒錯……不過我希望妳現在跟我再保證一次。」

沙羅一時不太理解，但仍再次舉起手宣誓道：

「……好，我知道了。我發誓不會說出去。」

「……！謝啦。」

晴也暗自竊笑。

因為這下子，他可以肯定守規矩的沙羅絕對不會洩漏他的身分了。

「……不、不好意思，赤崎同學……你的肩膀上沾到灰塵了，可以彎下腰嗎？」

沙羅滿臉通紅地問。

大概是因為終於達成了目的，情緒還很激動。

所以晴也對這不自然又唐突的要求毫無懷疑。

「咦？好……」

他彎下腰的那一刻——

某種柔軟的觸感在臉頰上碰了一下。

晴也不知道發生了什麼事，腦袋一片空白。

「……這、這是感謝你至今為我做這麼多。」

沙羅滿臉通紅，說了句「……那、那我先走了」就踏著輕快的腳步聲離去。

獨自被留在原地的晴也愣好了一陣子。
他摸了摸有著柔軟感觸的右頰，低下頭。
（剛、剛才究竟……發、發生什麼事了？）
未曾有過的感覺……使晴也整張臉都發燙了。
沙羅在車上和回家路上都沒說話的原因，就在這裡。
（……要心懷誠意地親他的臉頰嗎……啊啊，可是要在什麼時候！）
在路上，尤其在電車上，沙羅都在想這件事。

＊＊＊

隔天。
今天萬里無雲，天氣十分晴朗，舒爽得令人吃驚。
晴也終於能抱著輕鬆的心情去上學。到了自己座位，S級美女們的對話傳入耳中。
「……沙羅羅，妳今天非常有精神耶，怎麼了嗎？」
「是啊，氣氛跟平常完全不一樣……」
沙羅表情自然愉悅地和凜跟結奈說話。

臉色紅潤，而且表情也滿是笑容。

凜見到她這個樣子，帶點調侃地問：

「啊……該不會是嘗到戀愛的滋味了吧？」

換做平常，沙羅會在這時虛弱地否認，但是……

「對，我戀愛了……」

她露出比誰都迷人的笑容。

結奈和凜都不禁看傻了眼，之後凜逼上前，要她仔細解釋。

部分同學也嚥下口水，查看情況。

「呵呵，是祕密……因為太害羞了。」

然後沙羅對趴在桌上裝睡的晴也拋了個媚眼。

「……………」

晴也不禁冷汗直流，只能裝傻。一部分的同學傻愣住，之後為沙羅的媚眼激動起來。

「咦？姬川同學剛才……對我拋媚眼了吧……」

「才怪，明明是我。」

「別傻了，肯定是我。」

男學生們莫名開始為自己才是沙羅的對象爭吵起來。

這當中，坐在晴也後面的男同學風宮拍了拍他的肩。

晴也抬起重重的身軀，看向風宮。

「嗯？又怎麼了？」

「欸欸欸……你覺得姬川同學她現在的模樣怎麼樣？」

「哪有怎麼樣……就是笑容很迷人啊。」

「她之前那麼消沉，現在卻好像沒發生過一樣。我敢說，姬川同學愛上的人一定很偉大。」

「偉、偉大？」

晴也掩飾著尷尬，詢問風宮。

「對，因為連我都看得出來，姬川同學之前是為了相親的事，十分糾結啊，而那個人可是解決了這件事喔，絕對很不得了。」

對於風宮的這句話，晴也眼神認真地回答：

「不是吧……是姬川同學自己克服的。」

「……！」

風宮表情一僵。

「原來你也能露出那種表情啊……」

晴也好像自然而然地勾起了笑。

他立刻尷尬地移開視線，但風宮緊咬不放。

「……欸欸，但你為什麼會露出那個表情？」

「……少廢話，是你眼瞎了吧。」

「咦～太過分了吧？」

晴也不耐煩地揮手趕走反應浮誇的風宮。

——就在這時。

S級美女們的對話傳進晴也耳裡。

「——嗯～但我真的好好奇讓沙羅變這麼多的男生是誰喔！」

「就是啊，我也很想知道……」

「是吧，結奈奈！那我們來整理一下。我記得那個人的特徵是曾幫沙羅羅擺脫搭訕——」

——凜和結奈一起前情回顧，聊起晴也的事。

（慢著慢著……喂，結果S級美女們還是聊起了我嗎？）

為什麼啊——晴也在心裡發出丟人的慘叫。

＊＊＊

在過去人生中，我從來沒想過自己會體驗到「戀愛」的感覺。

雖然能交到朋友，但她們總是在聊戀愛的話題。

我不會特別羨慕，但還是會覺得自己跟身邊的人不一樣，顯得格格不入，感到很孤獨。

從小，父母就教導我自己很特別，和別人不同。

長大到一定的歲數以後，被富裕家庭培育的我，擁有了能夠好好用功的環境。

結果我拚命念書，體育、藝術和音樂也沒怠慢，成功留下了優秀的成績。

過程中雖然也很辛苦，但心裡只有對養父的感謝。

為了姬川家而活。

我就是以此做為信念活著，不敢違背養父的意思。

可是上高中以後……很快就迎來了轉機。

那就是與赤崎晴也邂逅了。

我與他的邂逅有如命運的安排，我從那一刻起就不自覺地想著他。

然後和他相處交流……我慢慢察覺到自己對他抱有好感，但這是個錯誤，於是我告訴自己不要想得太美。

告訴自己，我是姬川家的女兒，要為姬川家而活。

我一定只是遇到了命運的邂逅才會悸動興奮，那只不過是一時衝動。體驗過普通戀愛以後，這股衝動就會消退了。

我一直這樣說服自己。

——沒錯。

這次最後一次了。我對自己這麼說，打算向赤崎同學告別。

可是，事與願違。

赤崎同學不僅說出了我想聽的話，還消除了我的煩惱。

因為他的存在，我也敢對父親頂嘴了……

（……老實說，很令人火大。）

不過能確定的是，我對他的「愛意」正不斷滿溢而出。

我想盡力跟他維持這段關係……

這樣的想法在我心中逐漸膨脹。

「赤崎同學……」

在沒有別人的房間裡，沙羅躺在床上低語伊人之名。

如同晴也幫助了她。

如同晴也幫她找到了真正的自己。

現在沙羅想要幫助晴也。

沙羅腦中浮現晴也在學校的樣子，也就是他心中的陰霾。

「……我喜歡赤崎同學。」

沙羅對枕頭說話。

——但她沒有勇氣直接對晴也說出這句話。

不過，她壓抑不住心中這股就快滿溢而出的熱切心意了。

（所以跟凜和結奈說說我的心意，應該不要緊吧……？）

晴也在學校總是趴在桌上，所以沙羅知道晴也沒在聽她說話。

因此，沙羅可以放心地對結奈和凜說這件事。

雖然就像間接告白，但聊起戀愛的事，她會不由自主地感到雀躍。

——總有一天，等她解決晴也的問題，能傾訴愛意的那一天到來。

「到時候，我一定要當面對他說我喜歡他。」

所以，在那之前。

我不會在教室裡說出你的名字，請讓我跟朋友聊聊我的戀愛。

沙羅臉蛋紅通通的，露出燦爛的笑容。

後記

大家好，我是作者脇岡こなつ。

非常感謝各位購買本作。

這部作品是我在カクヨム上寫的戀愛喜劇小說。還記得網路連載時，我是抱著「要寫得好笑一點逗大家笑！」的心態寫成的。

不考慮現實，根本是想到什麼就寫這樣（笑）。

然而這麼衝動的作品，也使我在收到出版社的出書邀約，感到高興的同時，心裡也為「修改起來恐怕很辛苦……」而忐忑不安。

果不其然，改稿作業非常辛苦（笑）。

幾乎有九成文本重寫，說是新作也不為過！

因此，我相信在カクヨム看過本作的讀者也能看得盡興！

本集劇情是以沙羅為主，各位覺得如何呢？

如果各位有「沙羅好可愛！是天使！少根筋可是很可愛，所以給過！」的想法，我

nazeka
S-class bizyotachi
no wadai ni
ore ga agaru ken

會感激涕零（笑）

至於其他兩名女主角呢，如果有第二、三集，應該會深入描寫。

接下來，是幾句感謝的話。

首先要感謝支持本作的讀者，真的非常感謝各位。多虧有各位的愛護，本作才有機會出版。

然後是繪製美麗插圖的插畫家magako老師。感謝您畫出符合印象的男主角，以及有抓到特徵，可愛又美麗的三位女主角。

每次收到圖，我都愛到不行，給我很大的鼓勵。

再來是本作的責編大人。稚拙的我尚不慣於寫作，感謝您給了我那麼多建議，還設身處地為我著想。

今後也請各位多多指教。

感謝參與本書製作的所有相關人員。

還有願意購買本書的您，請受我一拜。

真的很感謝各位！

容我在這裡表達由衷的感激。

那麼，希望我們能在第二集再會。

謝謝各位！
magoRo

國家圖書館出版品預行編目資料

為何我總是成為S級美女們的話題/脇岡こなつ作；
吳松諺譯. -- 初版. -- 臺北市：臺灣角川股份有限公
司, 2024.04-
冊； 公分. -- (Kadokawa fantastic novels)
譯自：なぜかS級美女達の話題に俺があがる件
ISBN 978-626-378-776-6(第1冊：平裝)

861.57 113001909

Kadokawa
Fantastic
Novels

為何我總是成為S級美女們的話題 1

（原著名：なぜかＳ級美女達の話題に俺があがる件）

2024年4月24日 初版第1刷發行

作　　者：脇岡こなつ
插　　畫：magako
譯　　者：吳松諺

發 行 人：台灣角川股份有限公司
總　　監：呂慧君
總 編 輯：蔡佩芬
主　　編：林秀儒
編　　輯：黎夢萍
設計指導：陳晞叡
美術設計：周欣妮
印　　務：李明修（主任）、張加恩（主任）、張凱棋

發 行 所：台灣角川股份有限公司
地　　址：104台北市中山區松江路223號3樓
電　　話：（02）2515-3000
傳　　真：（02）2515-0033
網　　址：www.kadokawa.com.tw
劃撥帳戶：台灣角川股份有限公司
劃撥帳號：19487412
法律顧問：有澤法律事務所
製　　版：尚騰印刷事業有限公司
ISBN：978-626-378-776-6